U0107061

Les Rêveries du promeneur solitaire

Jean-Jacques Rousseau

一个孤独漫步者的遐想

［法］让-雅克·卢梭 著　陈阳 译

上海文化出版社

SHANGHAI CULTURE PUBLISHING HOUSE

导读

　　《一个孤独漫步者的遐想》成书于1776至1778年间，是一部兼具自传与哲学性质的作品。它时常被后人拿来与创作于1766至1770年间的《忏悔录》相比较，而卢梭自己也表示——"这些书稿可以看作是《忏悔录》的后续"。但是在《忏悔录》中，我们看到的是一个彷徨无措的卢梭——他反思自己的过失，鞭笞自己的脆弱，拷问自己的良心。自我批评是痛苦的，痛苦的卢梭始终背负着沉重的心结。本书是卢梭生前的最后一部作品，最后部分在卢梭去世前数周才写成。我们甚至有理由相信，如果卢梭没有在1778年7月2日因脑血管疾病发作猝然离世的话，这本书还会继续写下去，还会揭示更加丰富的内容。

　　十多年之后，当年因作品思想内容而遭到的迫害和排挤渐渐尘埃落定，不知不觉中步入晚年的卢梭在饱尝人间冷暖之后，将世事和人情看得更加透彻，也更加淡泊。远离尘嚣，在孤独的漫步和遐想中，卢梭终于能够挣脱尘世的羁绊，无拘无束地放飞思路，天马行空地思考，思考命运、知识、异见、苦难、希望、谎言、幸福、自由和爱情。所以，在《一个孤独漫步者的遐想》中，我们看到的是一个更加自由、坦荡和平静的卢梭。

这样的卢梭，不再是我们从历史书和教科书上看到的那位雄辩而睿智的思想大家，他并不期待用这样的一本书流芳百世、名垂青史。他走下了哲理的神坛，来到每一位读者身边，说道："我的遐想录只写给自己。一翻开这些记录，我便会想起当初下笔书写时的美好，让已经流逝的时光重现。"

这样的卢梭，不会再因为世人的误解和偏见而满腔怒火。纵然心中依然有矛盾和不理解，他也可以清醒地意识到事物真正重要之所在。他曾说："大地上的一切都处于持续不断的流变之中，任何事物都无法维持始终如一的形态。"还说："灵魂，是人们唯一无法从我身上剥夺的事物。"他认为在瞬息万变的世界中，我们或许什么都改变不了，但是始终应该关注自己的灵魂，守护自己的初心。

这样的卢梭，不会再因命运的大起大落而大悲大喜。他变得坦然而平静，无论是回首往事还是审视当下，都能够以一种冷静而不冷漠的心境泰然处之。他说："到了我这个年纪，已经学会用置之度外的心境看待生命与死亡、疾病与健康、财富与贫穷、荣耀与污蔑……所有这些都已经不算什么了。"

当然，卢梭并没有借此将自己捧上神坛，相反，他无比坦诚地表达了自己的遗憾："我被创造出来，是为了度过一生，然而现在还没有真正活过就即将死去。"这句话从一位年逾六旬的老者口中说出来，无疑是对我们每一位读者的提醒：这一生中的每一天，都是用来体验和生活的，而不是用来等闲虚度的。卢梭说自己还未真正活过就即将死去，这样的自我评价或许太过严苛，但即使是如此严苛的卢梭，也承认自己确实度过一段"完全是我自己，没有杂质，没有挂碍，可以说是真真切切地活着"的时光——那是一段腹中有食物，脑中有理想，心中有热情的时光。对于这段时光的描述，堪称全书中色调最温暖的内容，这在卢梭的全部作品中都不多见。

歌德在评价伏尔泰和卢梭时写道：伏尔泰终结了一

个时代，卢梭则开创了一个时代。

卢梭之所以能够得到这样高的评价，不仅是因为他卓越的哲学思想，也是因为他性格中的善良和真实。通过《论人类不平等的起源和基础》和《社会契约论》这样的著作，我们领略到的多半是卢梭精妙的逻辑思维和思想高度，而通过《一个孤独漫步者的遐想》，我们能感受到卢梭内心的善良与真实。在这本书里，卢梭终于走下了神坛，他与我们每个人一样，有痛苦彷徨，有孤独寂寥，有无奈悲伤……而卢梭的伟大之处在于，他最终在遐想中与自己的命运达成了和解——拥抱孤独，拥抱疼痛，拥抱生命中的每一天。

陈阳
2016年夏天于北斋

目录
contents

一　命运

　　就这样，我在这世界上落得孤身一人，没有兄弟，没有近邻，没有朋友，没有社交，除了我自己，什么都没有。我原是人类之中最乐于交际、最随和亲切的一员，却被所有人弃如敝屣。出于仇恨，他们处心积虑地寻找着最为残酷的刑罚用以摧残我敏感的灵魂；他们粗暴地斩断了我与他们之间的一切联系。不过，尽管人们这样对待我，但我依然热爱他们。我以为他们总不至于躲避我的感情，除非他们不再是人。就这样，他们对我而言，渐渐疏远、陌生，最后形同陌路，而这也正是他们一直想要的结局。那么我呢？与身边的人们和周围的事物脱离了一切关系的我，我自己又是什么呢？这是一个有待我去思索探寻的问题。但不幸的是，在思考这一问题之前，必须先考量一下我的处境。我必须先看清自己所处的局面，才能从人们转而谈到我自己。

　　我处在这样的境地之中已有十五年之久，甚至从更早之前就已经开始了。对我而言，这至今仍像是一场梦境。我总在想，这只不过是消化不良症而已，自己只是在经历一场噩梦，只要醒来，所有这些痛苦都会消失，朋友们仍旧会陪伴在我身边。是啊，一定是这样，或许在不经意间，我已经从清醒的状态纵身跃入了梦境，或者不如说从生跃入了死的怀抱。不知为何，我被抛出了事物的正常秩序，眼睁睁看着自己陷入无法解释的混乱，在这一片混沌之中，我什么都感觉不到；我越是思考自己现如今的处境，就越是无法理解自己究竟身在何处。

唉，当初我怎么可能预见到今天的遭遇呢？时至今日，我已身陷其中，又怎么可能再旁观者清地看透这局面呢？凭我的所见所识，怎么能够料想到有朝一日，我还是同一个我——过去如此，现今也是如此——但他人却对我另眼相看了呢？毫无疑问，我被当作怪物、社会的毒瘤和凶手，我成了整个人类之中令人憎恶的败笔，连卑鄙下流之辈也可以对我肆意嘲弄，往来行人对我的致意唯有唾弃，整整一代人甚至会乐意将我活埋。我怎么能够料想到这一切呢？在这场离奇的变革发生之时，我毫无防备，第一反应是感到天旋地转。躁动不安、义愤填膺的情绪使我沉溺于一种极度激动的狂乱之中，我花费了足足十年，才勉强从这种狂乱中冷静下来。而在这段时间里，我又一错再错，错上加错，做了一件又一件蠢事。我这样轻率冒失，无异于授人以柄，为那些对我的命运指手画脚的人提供了工具，他们运用起这样的工具可谓驾轻就熟，最终决定了我的命运，一切都无法挽回了。

长期以来，我一直在反抗。拼尽全力却徒然无功。我毫无心机，毫无技巧，毫不掩饰，毫不谨慎，坦率真诚，胸无城府，缺乏耐心，急躁易怒，反抗只是让我越陷越深，为他们制造出更多攻击我的把柄，而他们也从不放过伤害我的机会。终于，我领悟到自己所有的努力其实毫无用处，只不过是在自我折磨罢了。于是，我做出了最后一个决定，那就是顺随自己的命运，不再抗拒必然到来的定数。这样的顺从使我获得了安宁，一种在艰难又无益的反抗挣扎中不可能有的安宁，也正是这种安宁，让我所有的伤痛都得到了补偿。我能够获得安宁还有另外一个缘由。迫害我的人们被内心的仇恨所左右，但他们却疏忽了一点，那就是应当循序渐进，逐步加大力度，不断翻新花样，对我施以新的打击。如果他们足够机智，懂得给我留下一丝希望的微光，他们或许至今仍然能将我困在极度苦痛的境地之中。那样的话，他们可以用诱饵将我引得团团转，给我期待，然后让我在落空的期待中不断背负新的创伤。然而，他们已经提前使尽了所有的招数；在剥夺了我所有一切的同时，他们自己也失去了一切。他们对我的诽谤、欺侮、嘲讽和羞辱，固然不会有所缓和，但也不会变本加厉；我们都是一样地无能为力，他们无法使局面进一步恶化，而我也无力从中脱身。他们迫切地要让我的苦痛达到顶峰，即使穷尽人类的所有力量、佐以地狱的全部阴谋诡计，也不过就这样了吧。肉体的创痛不但没有加剧我的苦楚，反而分散了我的注意力。或许，在我声嘶力竭的同时，肉体的疼痛也让我免于哀鸣戚戚，身体撕裂的痛苦反而暂时抑制了心碎的伤痛。他们能做的都已做了，我现在还有什么好害怕的呢？他们无法再让我的处境变得更糟，因而也就无法再引起我的警觉了。他们让我从焦虑和惊惧的痛苦中永远解脱出来，这无疑是一种慰藉。现实的痛楚对我而言不足挂齿，我可以轻松承受正在经历的苦难煎熬，但却无法忍受内心对未来的恐惧。在我草木皆兵的想象中，种种未来的苦难纠缠在一起，盘根错节，不断被放大，不断地增长。对我而言，等待痛苦来临比痛苦本身残忍千百倍，被枪口对准胸膛对我而言

4

远比枪击本身可怕得多。灾厄一朝临头，事实便失去了想象的空间，只留下原本的内容。于是我发现，真实的痛苦与我所臆想的相比简直微不足道，这甚至让我在种种苦难中感到一丝轻松和慰藉。在这样的状态下，我不再受制于新的恐惧，从焦灼的期待中解脱出来，唯一剩下的只是习惯，这让我越来越能够忍受自己的处境，因为确实也没有什么能让这种处境更糟了。而我的感受力也随着时间流逝变得日渐迟钝，他们也没有办法让我的感官重新恢复敏锐的知觉。这就是迫害我的人们在不遗余力的憎恨中，给我留下的唯一好处。他们对我的一切影响都已消失，我从此可以尽情嘲笑他们了。

我的心灵获得完全的平静也不过刚刚两个月而已。从很久以前开始，我便不再有任何忧惧，但我仍然心怀希望。这一线希望时而给我带来慰藉，时而又让我沮丧，没完没了地折磨着我。最终，一场悲伤的意外遮蔽了我心中最后一线希望的微光，让我看清自己的命运早已铸成定局，此生再也不会出现转机。从那时起，我开始逆来顺受，再无他想，于是再次获得了安宁。

当我开始隐约感觉到命运之网中布满重重陷阱的时

候，便放弃了在有生之年让公众重新站到我这一边的念头。即使公众回心转意，我也不会投桃报李，他们的回心转意对我已经毫无益处。人们若是再要回到我身边，也只能是白忙一场，他们再也不能使我成为他们之中的一分子了。他们在我心中激发的情感只有鄙夷，他们的蝇营狗苟在我看来索然无味，甚至多此一举，我一人独处要比生活在众人之中幸福百倍。他们已经彻底摧毁了我心中对于社会与社交的美好感情。在我这个年纪，这样的美好感情不会死灰复燃了，一切都为时晚矣。从今以后，不论他们对我是好还是坏，对我而言都已无所谓了，不论我的同时代人再做些什么，对我而言都不再有任何意义。

但是我曾经仍对未来抱有指望，我曾希望下一代人能更有素质、更有眼光，他们对我的评判和态度会更公正，对前人的诡计具有一定的判断力，因而能够看到我的本来面目，对我这个人做出公道的评价。正是这样的希望让我写成了《对话录》，也正是这样的希望促使我做出了种种疯狂的举动，力图让这部作品流传后世。这一点希望纵然遥不可及，却让我的灵魂再一次沸腾，就像当初还在周围的世界寻找一颗正直之心时那样。然而我对未来的遥远期许又是白费心思，这让我再次沦为遭人戏弄的傀儡。我在《对话录》中讲述了这一线期待得以建立的基础。但我错了。幸运的是，我及时意识到了自己的错误，从而得以在余生中获得了一段完全清静、绝对安宁的休憩。这段宁静的时光从现在这一刻开始，而且我有理由相信，这场休憩不会被外界的干扰打断了。

不久以前我才终于明白，指望公众回心转意实在是大错特错，哪怕指望下一代人回心转意也是奢望。因为新一代人对我的看法会受到前人的影响，而前人对我的态度只有历久弥新的厌恶。个体会死去，但由个人组成的集体却不会消亡。同样的情绪将在集体之中流传下去，而他们强烈的仇恨，与激起这种仇恨的魔鬼一样不死不灭，永远保持着不变的活力。即使所有与我敌对的个人都离开了这个世界，医生和奥拉托利会（Oratorien，圣斐理伯内利在罗马创建的天主教社团）的成员们仍然存在；即使迫害我的只剩下这两个团体，他们也不会在我死后消停下来，仍然会与我活着的时候一样让我不得安宁。或许随着时间的推移，我曾经冒犯过的医生们会平静下来，但我曾经热爱、尊敬、完全信任且从未冒犯过的奥拉托利会的成员们——这些属于教会、过着半僧侣生活的人们却永远不会宽恕我。他们给我定的罪并不公正，但是出于自尊，他们永远不会原谅我。在他们的鼓动下，公众也站在他们那一边，对我的憎恶永远都无法平息。

对我而言，尘世间的一切都已经结束了。人们再也不会给我幸福抑或伤害了。在这世界上，我再也没有期待，也没有了恐惧。我在深渊里，感觉很平静。命途多舛的可怜人啊，却像神明一样无喜无悲。

外界的一切从此与我再无关系。我在这世界上再也没有邻人，没有同类，没有兄弟。我仿佛是原本生活在别的星球，因为意外跌落到这陌生的尘世间。如果说我在周围认出了什么，那也都是些让我撕心裂肺的事物。当我的目光投向周遭包围着我的一切时，我只能感到令我愤慨的鄙夷或是让我悲伤的痛苦。所以，还是让我的心灵远离一切对我来说既折磨人又毫无用处的事物吧。我的余生将孑然一身，因为我只有在独处时才能获得慰藉、期望和安宁，我只能、也只愿意过好自己的生活。正是在这样一种状态下，继之前命名为《忏悔录》的著述之后，我再度开始严肃认真地反省。我将最后的时光用来研究我自己，用来提前盘点自己的一生。就让我完全沉浸在与自己灵魂对话的快乐之中吧，灵魂是人们唯一无法从我身上剥夺的事物了。如果不断地自省可以让我厘清自己的思绪，平复其中始终持续的痛楚，那么我的苦思冥想便不算完全无用。尽管我在这尘世间已经一无是处，但我好歹也算没有浪费最后的时日。日常漫步的闲暇时光总是充满了饶有趣味的沉思，可惜我没有一一记下。我会用纸笔记录下仍然记得的想法，每一次重读都让我重新感受到当时的愉悦之情。想着我的心灵应当获得的赞誉，我便忘记了我的不幸遭遇，忘记了迫害我的人，忘记了我的耻辱。

准确地说，这些书稿只是一本记录我遐想的不成形的日记。其中相当一部分内容是关于我自己的思考，因为一个孤独的思想者自然总是想着自己。除此之外，这本日记里也记录了漫步时从我脑海中掠过的种种千奇百怪的想法。我原原本本地记下彼时的所思所想，前一天的想法与第二天的思考之间可能完全没有关系。在我所处的奇特境遇中，对情感和思想的思考成了我日常的精神食粮，我从中不断获得对自己天性和脾气的新的认识。所以说，这些书稿可以看作是《忏悔录》的后

续，但我不会再给这部书稿起同样的题目，因为关于
"忏悔"这一主题，我觉得再也没有什么值得诉说了。
在逆境的磨练中，我的心灵变得纯粹，只有仔细探寻才
能勉强在其中发现某些应当受到指责的旧习残迹。当我
对尘世的所有眷恋都已经被根除的时候，我还有什么可
忏悔的呢？关于自己，我再也没有什么好自夸和自责的
了——从今往后，我在人群之中一无是处，与人们再也
没有实际的关系往来，我只能这样。我做的好事没有一
件不变成坏事，我做什么都会伤害到他人或自己，这样
一来，放弃自己的权利成了我唯一的义务，我也切实履
行了这项义务。但在身体懈怠的同时，我的灵魂依旧活
跃，仍然会生发出情感和思想，灵魂内在的精神生命力
似乎随着一切现世浮华的消弥而越发强烈。肉身对我而
言，已经成了累赘和阻碍，我要尽可能提前摆脱肉身的
束缚。

　　如此独特的处境当然值得研究和记录，而我要用最
后的闲暇时光来进行这一研究。成功的研究必须讲究策
略和方法，但我却没有能力完成这种工作，这么做甚至
违背我梳理自己灵魂变化过程的初衷。我只想从某些方
面对自己加以分析，就像自然科学家通过分析大气来了

解当天的天气情况一样。我将用晴雨表观测自己的灵魂，这种思路清晰、已经重复了无数次的操作方法将为我提供与大气分析一样准确的结果。不过我并没有打算做得那么精细。我只是想要记录下研究的过程，但并不准备将其框束于某一思想体系之中。我要做的事情和蒙田一样，但是目的却与他完全相反：《蒙田随笔》完全是写给别人看的，而我的遐想录只写给自己。如果正如我所希望的那样，我能一直保持当前的状态直到离开这个世界，那么一翻开这些记录，我便会想起当初下笔书写时的美好，让已经流逝的时光重现。这样一来，可以说我的生命增加了一倍。不管人们如何对待我，我都将再次体会到交际的魅力，衰老的我将和另一个时代的我相逢，仿佛和一位忘年交的老友重逢。

写作《忏悔录》的第一部分和《对话录》时，我一直在发愁怎样才能保护我的作品免遭毒手，并将它们传给下一代人——如果可能的话。而此刻写下这些文字时，我却再也没有这样的担忧。我知道担忧毫无用处，希望让世人能够更好地理解我的美好愿望也已从我心中消失，只剩下对宿命和我的作品以及能够证明我清白的证据的漠不关心，那些证据或许已经被销毁了。让他们窥探我的所作所为，让他们为了我的手稿焦虑不安，让他们夺走我的作品，封禁它、篡改它吧……这一切对我都无所谓了。我不会藏起自己的手稿，也不会将它们公之于众。即使人们在我的有生之年夺走这些手稿，他们既无法夺去写作给我带来的快乐，也无法抹去我脑中对书写的记忆，亦无法剥夺那些孤独而沉默的思考——这些思考的源泉只会随我的灵魂一同消逝。如果我在最初遭遇不幸时就懂得绝对不要试图与命运相抗衡的道理，如果我在那时就能做出今天的决定，那么人们所有的煞费苦心和所有那些骇人听闻的伎俩都不会对我产生任何效果，他们精心编织的所有陷阱都不能打扰我的清静，就像从今以后他们再也不会搅扰我的休憩一样。只要他们愿意，他们尽可以恣意取笑我所受的侮辱，可他们却无法改变我的纯洁和无辜，无论他们怎么做，都不能阻止我在平静中度过生命最后的时光。

二　意外

记录灵魂在凡人难得一见的古怪处境中的日常状态——在构想出这一计划之后，我发现最简单也最可靠的做法莫过于忠实地记述我孤独的漫步以及在漫步中不断浮现的种种遐想。在那样的状态下，我的头脑完全放空，思绪毫无负担地自由舒展。孤独默想的辰光是一天之中唯一完全属于自我的时刻，心中了无牵挂，方能展现出大自然所创造的我的本来面目。

我很快意识到，这项计划应该尽早开始。我的想象力不再像从前那样敏锐，思考问题不再像往日那样活力四射、一触即发。遐思畅想也不再让我激动喜悦，遐想时浮上心头的更多是模糊的回忆而不是新鲜的思想。一种不温不火的无力感对我所有的能力都造成了影响，生命的灵气从我身上一点一滴地消散；灵魂花费再大的力气也难以从衰朽的躯壳中挣脱出来，我对心中理想境界的期望已化为泡影，我也觉得自己无福消受这样的理想境界。我只能依靠记忆而存在。因此，为了在有生之年好好审视自我，我必须回溯到好几年前的时光，我就是在那时失去了人世间的所有希望，在尘世中再也找不到滋养心灵的食粮，于是便慢慢习惯了精神上的自给自足，习惯了在自己心中探寻精神的养料。

虽然我在很久之后才开始探索这份资源，但它竟是如此丰富，以至于没过多久，我所遭受的一切损失都得到了补偿。回归自我的习惯最终让我摆脱了一部分感情的纠缠，于是也失去了一部分痛苦的记忆。我从自己的亲身经历中悟出了一个道理：真正的幸福之源就是我们自身，如果一个人懂得如何感受幸福，那么旁人便无法真正使之陷入悲惨境地。四五年来，我已经习惯于品味来自内心的愉悦，那是美好而温柔的灵魂在凝思默想中获得的美妙感受。我独自一人漫步时常常领略到令人心醉神迷的喜悦，我将这种快乐归功于迫害我的人们——如果没有他们，我可能永远不会发现，甚至不会意识到自己身上还蕴藏着这样的珍宝。身处如此丰富的宝藏之中，怎么才能保证我的记录忠实可信，不至于言过其实呢？每当回想起种种美妙的遐想，我总会沉浸其中而无法好好书写。回忆就是会导致这样的状态，如果不能全身心地感受它，那就无法充分体验它的妙处。

写完《忏悔录》后续部分以后，我在漫步时对这种回忆的影响深有体会，尤其是我下面将要谈到的这一次漫步。在这次漫步中，一场意外打断了我的思路，我一时间神游到了别处。

1776年10月24日，周四。午餐后，我沿着大路一直走到绿径街，从那里可以一直走到梅尼蒙当高地，我穿过葡萄园和草场，沿着小径一直走到夏罗纳镇。两座村庄之间的景色明媚宜人。然后，我拐了个弯，又绕回到同一片草地。我逛得很开心，一路上饶有兴致地欣赏着沿途明丽的景致，不时停下脚步研究绿树丛中的植物。我发现了两种在巴黎附近很少见到的植物，不过在这一带长势却很好。其中一种是菊科植物毛连菜，另一种则是伞形科植物柴胡。这一意外发现着实让我高兴了好一阵子，后来我又找到了一种在地势这样高的地区更加罕见的植物：鹅肠草。我把其中一株夹进随身携带的一本书里，尽管那一天晚些时候发生了意外，后来我还是找到了它，将其收入到了我的植物标本集中。

我又仔细地研究了偶遇的另外几种开花的植物，我熟悉它们的外观和分类名称，这样的研究总能给我带来乐趣。接着，我的注意力渐渐从细枝末节的观察转向全局的景色，纵览全景在我心中同样引发了令人愉悦的情感，更加触动心弦。葡萄在几天前已经采收完毕，从城市前来郊游的人们已经打道回府；农夫也离开了田地，直到冬天做农活时才会归来。田野仍旧绿意盎然，看起来生机勃勃，但有些地方树叶已经凋零，只剩下枯枝，放眼望去，隐隐一派寒冬将至的寂寥景象。这番景致既让我感到脉脉温情，其中似乎也混杂着淡淡的忧伤，它们与我的年纪和际遇太过相似，无法不触景生情。我看到自己无辜而不幸的生命日暮西沉，纵然灵魂仍然饱含情感和生机，心田上仍然盛开着鲜花，但一切都已在悲伤中枯萎，在忧烦中渐次颓败。独自一人被遗弃在世间的我，已经感受到最早一场寒潮的冰冷。我的想象力日渐枯竭，再也无法用想象出的事物填补孤独的空虚。我叹了一口气，不禁扪心自问：我在这世上都做了些什么？我被创造出来，是为了度过一生；然而现在还没有真正活过就即将死去。但是，至少这不是我的过错。如果我无法向造物主献上美好的作品——人们没有给我完成这些作品的自由——至少我还可以献上夭折的善意、美好却无果而终的情感，以及被众人所蔑视的忍耐力。思考让我产生了怜悯之心，我开始回顾灵魂变化的过程，从青年开始，到成熟之后，自从人们将我从人类社会中驱逐以来，及至我将要度过最后岁月的漫长隐居。想着我温柔却盲目的眷恋，近几年来不再那么偏激，而是给我安慰并成为精神寄托的想法又浮现在脑海中。这样想着，我便准备好要将回忆记载下来，回忆和记录让我感受到几乎与当初一样的愉悦。一个下午就这样在平静的沉思中过去了。这样的一天让我十分满足，然而正当我完全沉浸在自己的遐想之中时，接下来发生的事情却将我猛然拉回了现实。

大约六点钟，我从梅尼蒙当高地走下来，差不多正走到"快活园丁"门口时，我前面的行人突然纷纷闪开，我只看见一条粗壮的大丹犬向我全速飞奔而来，身后还跟着一辆华丽的四轮马车。当它看见我的时候，已经来不及收住脚或改变方向了。据我判断，唯一避免被撞倒在地的办法，只有正好在那一瞬间纵身跳起，让它从我脚下跑过去。这个想法比闪电还要迅疾地从我脑海中掠过，是我在理性思考并采取行动前的最后一个念头。我既没有感觉到被撞击，也没有发觉自己摔倒在地。在我恢复意识之前，我什么都不知道。

恢复知觉时，差不多已经天黑。我发现自己被三四位年轻人搀扶着，他们向我讲述了方才发生的一切。那条大丹犬根本收不住脚步，一头撞上我的双腿，它飞奔而来的沉重身躯撞得我头朝前倒了下去。我的上腭承受着身体的全部重量，狠狠撞在粗糙的路缘石上面，这一下撞得太厉害，碰巧又是下坡路，我就这么头重脚轻地摔倒在地。

若不是马车夫在千钧一发之际勒住了马匹，大丹犬身后的四轮马车也会紧跟着从我身上碾过。这就是把我从地上扶起来，当我恢复清醒时仍然搀扶着我的那些人跟我讲述的经过。那一瞬间我的状态着实奇特，在此实在有必要详述一番。

夜色渐深，我睁开眼睛，看见了天空、几颗星星和一片绿色植物。刚刚恢复知觉是一个美妙的时刻，感觉好像刚刚来到人世。我仿佛在那一瞬间重新获得了生命，我好像在眼前所见的一切事物身上都能感受到自己的生命，轻如鸿毛却无处不在。那一刻的我什么也不记得：对自己的身体情况没有任何概念，对刚刚发生的事情没有一丁点印象；既不晓得自己是何许人也，也不知自己身在何处。我感觉不到疼痛，不害怕，也不慌张。我看着自己的鲜血在地上流淌，就像看着街边沟里的流水一样，完全没意识到这是从我身体里流出的血液。我的整个身心都沉浸在令人心旷神怡的安宁之中，每当我回忆起这份安宁，都觉得世间所有已知的乐趣中没有任何一种能够与之媲美。

人们问我家住在哪里，我无法回答这个问题。我问我现在在哪里，他们告诉我这里是"高地界碑"——还不如告诉我这里是阿特拉斯山脉呢。我只好耐心问清楚自己身在何处：哪个国度、哪座城市、哪个街区。然而我还是没弄明白自己究竟身在何处，直到我从苏醒的地方一直走到大路上，才想起自己的姓名和家庭地址。一位素昧平生的先生好心陪我待了一段时间，得知我的住处离这里还很远，他便建议我在圣殿街附近租一辆马车回家。当时我走起路来简直健步如飞，感觉不到身上的伤口，也不觉得疼，尽管我一直在咳嗽，还吐出很多血沫，但是刺骨的寒冷让我瑟瑟发抖，摔坏的牙齿冻得直打颤，很不舒服。走到圣殿街时，我想到既然自己走路没什么问题，那不如一直走下去，总好过窝在出租马车里被冻得浑身僵硬。就这样，我步行走完了从圣殿街到石膏厂街的半法里①路程。路上没有遇到任何麻烦，我成功避开了往来的车流，与平时完全健康时一样选择了一条回家的路线，顺利抵达。我走到家门口，打开临街房门上的暗锁，摸黑走上楼梯，终于回到自己家里。当时我仍然不太清楚自己是怎么摔了那一跤，除此之外再也没发生其他事故。

妻子一看见我便失声惊叫起来，让我意识到自己的状态可能比想象中糟糕得多。我在那一天晚上还没有真正了解和感觉到自己遭受的伤痛，直到第二天来临。我的上嘴唇从里面撕裂开，一直伤到了鼻子，幸好有外面一层薄薄的皮肤包着才没有完全裂开；四颗牙齿深深陷进上腭，一大半脸都已淤血青肿；左臂扭伤，左右手大拇指扭伤红肿；左膝也高高肿起，一处严重的挫伤令我非常痛苦，完全无法屈膝。但就在这样一团糟的伤势中，竟没有一处骨折，甚至连牙齿也没有摔断一颗。摔成这样还有如此好运气，真可谓不幸中的万幸。

―――――
① 约合2公里。

这就是我遭遇意外的真实故事。没过几天，这段故事就在巴黎传开了，还被不断地添油加醋，到最后已经面目全非。我早就想到事情会以讹传讹，可是各路古怪的传言越来越多，还随之产生了种种隐晦的说辞和缄默。人们在我面前议论纷纷时总是一副秘而不宣的滑稽模样，神秘兮兮的氛围令我焦虑不安。我一直痛恨暗影中的事物，对黑暗抱有一种天生的憎恶，即使被黑暗包围了这么多年都没有丝毫缓解。在这一时期发生的所有古怪事件当中，我只想具体讲述其中的一件，只此一件便足以窥一斑而见全豹。

警署总长官勒努瓦先生在此之前与我没有任何往来，这一次却派遣他的秘书来询问我的近况，并表示愿意为我提供各种看起来对于减轻我的伤痛并没有太大用处的服务。秘书先生不断鼓动我好好利用这一机会，甚至对我说，如果信不过他的话，我可以直接给勒努瓦先生写信。他那副大献殷勤和信誓旦旦的模样让我意识到这其中一定有什么我不知道的秘密，但我没能看穿这个秘密背后的真相。这件事足以让我惊惶无措，尤其是在那场意外和随后引发的高烧已经让我的头脑烦恼不安的情况下。我任凭自己沉浸在千百种令人焦虑又悲伤的臆测中，一望便知我已经高烧到了谵妄的状态，对周围的一切指手画脚和妄加评论，完全失去了一个一无所求之人应有的冷静头脑。

　　随后发生的另一件事完全搅乱了我的平静。德·奥茉瓦夫人在过去几年中一直在纠缠我，可我一直没弄明白究竟是为什么。她种种矫揉造作的小礼物和毫无目的也毫无乐趣的频繁造访向我表明，这一切的背后有着不为人知的目的，只是我看不出其中的端倪。她曾向我提起过她写了一本小说，想要呈献给女王陛下。我当时已经向她说明了我对女性作家的看法。她想方设法地告诉我，献书是为了恢复她的地位和财富，为此，她需要保护和推荐。对此我无法做出回答。后来她告诉我，由于无法将这部作品呈献给女王陛下，她已下定决心要将此书面向公众出版。对于这种情况，我更不可能向她提出建议了，她并没有询问我的意见——即使我提出意见她也不会采纳。先前她曾经提起过要把手稿给我看。我请求她不要那么做，而她也什么都没有做。

　　在我卧床静养期间的一个天气晴朗的日子，我收到了这位夫人已经装订成册的大作。在序言中，我瞥见了对我

22

连篇累牍的夸张赞颂，读起来无比生硬造作，着实让我感到很不自在。跃然纸上的粗陋奉承无法让人从中感受到一丝一毫的善意，在这一点上，我绝对不会弄错。

几天以后，德·奥茉瓦夫人同女儿一起来探望我。她告诉我她的书引起了很大反响，主要是因为其中有一处注释。草草翻阅这部小说时，我压根没有留心那处注释。德·奥茉瓦夫人走后，我重新翻看了一遍，找到那处注释，研究它的表达方式。我想我终于找到了来访、甜言蜜语以及序言中的阿谀奉承的真正动机。根据我的判断，所有这一切的目的只有一个，那就是让公众认为这处注释出自我的笔下，并借此将其在出版时引发的种种责难全部归到我的头上。

我没有任何办法平息这场非议，也无法消除它可能带来的影响。我唯一能做的，就是不再插手此事，不再忍受德·奥茉瓦夫人母女二人继续欲盖弥彰的无聊拜访。于是我给德·奥茉瓦夫人写了一张便条：

"卢梭现已闭门谢客，特此敬谢德·奥茉瓦夫人之美意，恳请夫人毋再光临寒舍。"

夫人的回信表面上看起来无可指摘，与这种情况下人们写给我的所有其他信件一样装模作样。信中写道，我极其野蛮地在她敏感的心灵上捅了一刀。从信中的口气来看，我几乎要相信她对我的感情是如此强烈和真诚，以至于完全无法承受这样的决裂，只能伤心而死。所以说，对一切事物秉承直率和坦诚的态度，在这个世界上就是最可恶的罪行，在我的同时代人看来，我恶毒又残忍，而他们眼中能看到的我的唯一罪过，就是不像他们一样虚伪又狡黠。

后来，我出了好几次门，有时还到杜勒伊花园附近散步。从与我偶遇的人们大惊失色的神情中，我感到似乎还有某些我本人都不知道的关于我的消息。后来，我终于听说坊间盛传我已经一跤摔死了。消息不胫而走，以至于在我得知这则传闻后的半个月，连国王和王后都认为这是确凿无疑的事实了。《阿维尼翁邮报》公开刊登了这则好消息，还没忘记借此机会以侮辱和攻击的方式提前对我致意：这就是人们为我准备的葬礼致辞。

与这则新闻一同传出的，还有一则更奇特的消息，我也是偶然获悉，对个中细节一无所知：人们已经开始预订在我家中发现的手稿印刷本。这则消息让我意识到，他们早已准备好了一部作品集，只等我一死，立刻就能出版面世。想象一下，人们真的将他们能够找到的任何一部手稿忠实地付梓出版，简直是任何一个头脑清醒的人想都不会想的事，过去十五年的经历已经再三向我证明了这一点。

这些事情一件件接踵而至，每一件都那么令人震惊。它们再一次激活了我似乎早已沉寂的想象。人们无休止地在我周围堆砌着黑暗，又一次唤醒了根植于我天性中的黑暗恐惧症。我厌倦了凡此种种妄加评论，也厌倦了那些无法理解的秘密。我唯一确信的就是我之前的结论：我本人以及我的名誉和命运已经被整整一代人盖棺论定，我再怎么努力都无法让自己幸免于难，而我也不可能逃脱想要摧毁我作品的魔爪，给后世留下任何真正出自我笔下的东西。

但是这一次，我想得更加深入透彻。这么多巧合汇聚在一起，我最凶残的敌人得益于所谓的好运气而平步青云，其中包括那些统治国家的人、操纵公共舆论的人、位高权重的人和经过挑选的享有声望的人，他们对我似乎怀有某种秘而不宣的敌意并为此结成了同盟。这样全体一致的协作太不正常了，它不可能只是单纯的巧合。但凡有一个人拒绝共谋，但凡有一件事与之相悖，便足以让整个阴谋宣告失败。可是所有的意愿、宿命、运气和变故都在成全人们的杰作。这种令人震惊的协作和默契堪称奇观，不禁让我怀疑，这场阴谋大获成功早已是上天注定。众多过去和现在的独特观察和发现让我更加相信自己的直觉。在此之前，我认为这只不过是人性之恶的结果，但在此之后，我觉得这应该也是人类理性难以参透的神秘天意中的一部分吧。

这种想法丝毫没有让我感觉到残忍或痛苦，反而给予我慰藉，让我沉静下来，顺应天命。我并不像圣奥古斯丁那样贤德——纵然为千夫所指，但只要是神的意愿，便可安然自处。我顺从命运的安排，确实没有圣奥古斯丁那样超然世外，但也是纯洁的。在我看来，我的做法更配得上我所崇敬的完美存在。神是公正的——神要我受苦，也知道我其实无辜。这就是我信念的源泉。我的心灵和理智向我大声昭告：我的信念绝不会欺骗我。所以，人类也好，命运也好，都随他们去吧。我要学会默不作声地忍受痛苦。最终，一切都会恢复秩序，走上正轨，或早或迟，总会轮到我。

三　知识

"学而不倦，不觉老之将至。"

古希腊哲学家梭伦在晚年时常重复这一小句韵文。

我自己也走到了暮年，从某种意义上看，这句话也可以用在我身上。不过，二十多年经历教会我的，是一门相当悲伤的学问；相比之下，还是一无所知比较好。毫无疑问，逆境是一位了不起的老师，但是它要求我们付出高昂的代价，而且付出的代价与获得的益处往往并不对等。况且，早在我们掌握这些姗姗来迟的经验之前，利用经验的时机已经错过了。青年是学习智慧的时期；老年则是运用智慧的时期。经验总是具有教育意义的，这一点我承认；但是经验只能在将来发挥指导作用。待到死之将至才懂得该如何度过一生，还来得及吗？

我从自己的遭遇和他人的偏见中学习到了许多知

识，唉，可是启蒙来得这么晚，这么痛苦，对我还有什么意义呢！我学会了更透彻地理解人类，结果只是更深切地感受到他们让我深陷于何等的苦难之中。诚然，这些知识能让我看透重重陷阱，但并不能帮我避开任何一桩阴谋。这么多年来，我始终怀有愚蠢而软弱的信任，这份信任让我在漫长的岁月里扮演着猎物和傀儡的角色，我被身边聒噪的朋友们捉弄摆布，被他们的花招和伎俩重重包围，而我对这一切从来没有过哪怕一丁点的怀疑！没错，我被他们骗得团团转，沦为他们的牺牲品，却一直以为他们还爱着我，心中还感念他们给予的友情，并为此喜悦不已。现在，美好的幻觉都已破灭。时间和理性迫使我反复咀嚼自己的不幸，并向我揭示现实的惨淡真相，正是这真相让我明白已经无可救药，我唯一能做的只有逆来顺受。这样一来，根据我目前的状态，我在这个年纪所拥有的一切经验对现实全无用处，对将来也没有意义。

我们从一出生就踏入了竞技场，直到死亡才能离开。学会了如何娴熟地驾驭马车，却发觉自己已经跑到了赛马场的尽头，这有什么意义？都已经走到了尽头，唯一要考虑的应该是如何退场才对。一位老者如果还有什么需要学习的话，那只有学习如何对待死亡了，但这恰恰是人们在我这个年纪研究得最少的课题。他们考虑到了一切，唯独忽略了这一点。所有的老人都比儿童更依恋生命，与年轻人相比，他们更不愿意离开这个世界。因为他们全部的精力都耗费在现世的生命上，所以当生命走到尽头时，便觉得所有心血都已经付诸东流。所有的精力、财产和日夜辛勤劳作的果实……在离开人世时，这一切都要放下。他们从未想过在这一生中得到的东西有什么可以在死时一起带走。

我适时地思考了这些问题，如果我没能从思考中得到什么收获，那也不是因为没有及时思考或者没有好好消化思考的成果。从童年起就被卷入尘世漩涡，那时我就亲身体会到自己不适合在这世间生活。在这个世界上，我永远无法抵达自己心灵渴求的状态。于是，我不再试图在人群中寻觅幸福，因为我已经感觉到在人世间是不会获得幸福的；我那沸腾的想象力已经游离于自己刚刚开始的人生之外，仿佛漂泊在一片陌生的土地上，找寻着能够让我安定下来的宁静归处。

这样的想法发轫于我童年所接受的教育，又被充斥我一生的苦难和不幸加以巩固，它让我无时无刻不在探寻自身存在的本质和目的，我对此产生的兴趣和付出的精力是其他任何人都不曾有过的。许多研究高深学问的人比我知识渊博得多，但他们的学问相对于他们自身而言是外在的。他们想要显得比其他人更有学识，便去研究浩瀚宇宙，试图弄明白天地万物究竟如何运作，就像出于好奇心去研究某种机器的运作原理一样；他们研究人类社会是为了夸夸其谈而不是为了认识自身，他们做学问是为了教育他人而不是为了反躬自省。这类人中有很多只是想要出一本书——随便什么书都好，只要人们接受就可以。一旦自己的书出版问世，他们对书中的内容便不再有一分一毫的关心，除非是为了向他人推荐，或是在受到抨击时为自己辩护。除此之外，他们从书中得不到任何有益于自身的心得，甚至不会操心其中的内容究竟是假是真——只要不被驳倒就行。而我呢，我渴望学习是为了认知自我，不是为了教育他人；我一直认为在教导他人之前必须足够了解自己。我在人群中尝试着对自己的人生进行多种研究，即使独自一人困在孤岛直至终老也可以进行。人应该做什么，很大程度上取决于人相信什么。面对一切不属于最基本需求的事物，我们的观念便是指导行动的标尺。基于这条我始终恪守的原则，在很长一段时间里，我总是在苦苦探寻，试图领悟人生的终极真理，给自己的人生指明方向。很快，当我意识到自己根本不应该纠结于追索这一真理时，我便不再因为缺乏在人世间左右逢源的本领而痛苦了。

　　我出生在一个尊崇道德和信仰的家庭，后来在一位充满智慧、笃信宗教的牧师的亲切关怀下长大。我从未真正背弃那些从幼年起便接受的种种或许会被他人称为偏见的道德准则和处世之道。当我还是个孩子时，我沉浸在自己的世界里，被温柔的爱抚所吸引，受到虚荣心的诱惑，被希望所蒙蔽，又受到现实的逼迫……就这样，我成了一名天主教徒。在内心深处，我本来信奉基督。但没过多久，习惯的力量占了上风，我的心灵也真诚地信仰天主教[①]。华伦夫人的教导让我对新信仰的情感越发根深蒂固。在我美好的青年时期，乡间的独自漫步和让我流连忘返的书海遨游将我与生俱来的美好感情与宗教信仰融合在一起，几乎使我变成了像芬奈伦[②]一样的虔诚信徒。隐居生活中的冥想、对大自然的研究和对寰

[①]卢梭出生在瑞士，早年为信仰基督的新教徒，后来信仰天主教。
[②]芬奈伦：法国路易十四时期的坎伯利大主教，著有《忒勒马科斯历险记》。

宇天地的思索都促使一个孤独的人难以自持地投身于造物主的怀抱，使之怀着一种温情而又揪心的情绪，去探求眼前所见一切事物的本原和心中所感一切的缘由。当命运将我推进世界的湍流中时，我在其中找不到任何能让我的心灵感受到片刻愉悦的事物。对美好闲暇时光的怀念如影随形、无处不在，让我对触手可及的可以带来财富或幸福的一切都漠不关心甚至深恶痛绝。我在躁动的欲望中感到不安，几乎不抱希望，收获更是微薄。而且，在初尝名利繁华之后，我隐约感觉到，就算有一天我得到了自以为想要的一切，可能我也不会从中找到半分幸福的影子——我的心灵不明就里却热切渴望的那种幸福。这一切都让我对尘世的眷恋逐渐淡退，甚至在不幸的遭遇让我彻底成为局外人之前，那份眷恋就已经分崩离析。我就这样走到了四十岁，在贫困和富有之间、以及清醒和迷乱之间摇摆不定，我身上有许多坏习惯，但心中却没有任何邪恶的习性；生活随遇而安，没有理性约束的条条框框，对自己的义务也漫不经心——倒不会对义务视而不见，但却经常对义务缺乏充分的认识。

从年轻时开始，我便认定四十岁这个年纪将是一个分水岭，从四十岁开始，我将彻底告别努力奋斗和蝇营狗苟。一旦到了四十岁，无论我处境如何，我都决心顺其自然过好每一天，不再为摆脱困境而挣扎，也绝不再为未来操心。当这一时刻来临之际，尽管从我当时的际遇来看，我似乎应该选择一条更加稳妥的道路，但我还是毅然决然地践行了自己的计划。对于退隐的选择，我不仅毫不后悔，反而从中得到了真正的快乐。我从阴谋诡计和空欢喜中解脱出来，完全沉浸在闲适安宁的精神世界里，而这一直是我从未动摇的愿望，也是我难以磨灭的眷恋。我离开了人群和世间的浮华，褪下了所有的华服；不再佩剑，不再戴表，不再穿白色筒袜，不再用镀金首饰和花哨发型粉饰自己——一顶基础款的简单假发和一套质地不错的呢绒外衣就足够了。不仅如此，比这一切更妙的是，我从心底里连根铲除了贪婪和觊觎之心——正是这种贪婪给我已经放弃的事物一一明码标价。我放弃了当时身居的职位——我完全不适合那个位置——然后便醉心于抄写乐谱，乐此不疲，对此我始终怀有坚定不移的爱。

改头换面可不仅仅局限于外物。我感到洗心革面意味着需要进行另外一项更加困难但也更有必要的观念改革。下定决心毕其功于一役的我开始对自己的内心进行严格的考量，并决定用整个余生来修整它，使之在我离世之前最终成为我希望的样子。

一场伟大的革命发生在我身上，一个全新的道德体系展现在我眼前，在预见到人们毫无理智的评判会三番五次对我造成伤害之时，我早已觉得那些成见愚蠢而荒谬。但凡稍稍触及文学领域的虚荣浮华之气，我就感到恶心。但我对浮名背后的另一个好处的渴求在不断增长，我希望能够为自己的后半生走出一条不像前半生那么飘忽不定的轨迹……这一切都迫使我要对自己开展一场早就该有的全面回顾。于是，我便着手去做了；为了好好完成这次回顾，但凡是我能够决定的因素，我都没有忽略。

正是从这一时期开始，我彻底放弃了世间的一切，对孤独的强烈渴望从此再也没有从我心里消失。我只有在绝对离群索居的状态下才能完成自己的作品，并且需要长时间不受干扰的静默沉思，而社会的喧哗与骚动绝对容不下这样的沉思。这让我不得不在一段时间内换了另一种生活方式，后来我觉得这种新的生活方式其实非常好，虽然偶尔外力或某些意外事件让这种生活短暂地中断，但只要一有可能，我便会立刻重新开始这样的生活，心无旁骛地投身其中。而到后来，当人们排挤我、迫使我独自生活时，我发现众叛亲离反而给我带来了自己从未想到过的、凭一己之力也做不到的好处。

　　我满怀热情投身于手头的工作，致力于研究事物的重要性以及我做出判断的必要性。当时，我与一群现代哲学家厮混在一起，他们与古代哲学家毫无相似之处。他们不但没能解答我的疑惑，纠正我优柔寡断的毛病，反而让我在自己认为最应该明白，也确信自己已经明白的重要问题上产生了动摇：他们是倡导无神论的狂热传教士和专横的教条主义者，完全无法容忍他人在某些问题上持有不同的观点且会为此大发雷霆。在他们面前，我的自我辩护往往显得苍白无力，一方面是因为我讨厌争辩，另一方面是因为我缺乏雄辩的才能；但我也从来没有接受过他们那些令人反感的学说。这群人尽管有自己的观点，但是狭隘、偏执、气量小，我对他们的抵触便是他们憎恨我的众多理由之一。

　　他们并没有说服我，但却让我不得安宁。他们的种种论据从来没能令我信服，但却动摇了我的信念。我觉得自己应该做出回应，但却找不到有力的回击。我发觉自己的问题并不在于犯错，而是在于愚蠢——我的心灵懂得该如何回应，但是理性却无能为力。

终于，我对自己说：难道要让自己永远在这些能说会道之人的诡辩中晕头转向吗？我甚至都不确定他们津津乐道地鼓吹和无比热忱地兜售的观点是否是他们自己的真实想法。他们用激情来驾驭理论学说，用利益蒙蔽人们相信这个或那个，别人根本不可能看穿他们自己真正相信什么。在这些党派领袖身上能找到虔诚的信仰吗？他们的哲学是为他人准备的；可是对我来说，只需要有我自己的信仰就够了。让我竭尽全力去寻找我的信仰吧——趁时间还来得及，让我为自己的余生找到一条不可动摇的行为准则吧。现在我已成熟，理解力发展到了顶峰，但是也接近最后的没落。如果再继续等下去，在晚年的彻悟到来时，我也就无法充分发挥我的力量了。那时，我的智慧将失去活力，我在今天努力能做到最好的事情，到那时可就做不到了。所以，必须抓住眼下的良机，这是我从外在物质上进行改革的时期，也是从精神和道德上进行改革的时期。让我一次说清楚我的观点和原则，希望我在接下来的生命中始终保持我在深思熟虑之后认为自己应该有的样子。

我缓慢地逐步推进着这项计划，向其中倾注了我的全部努力和心力。我强烈地感觉到自己余生的安宁和最终的结局都取决于此。我仿佛置身于迷宫，迷失在困惑、难题、异见、迂回曲折和黑暗之中，以至于在萌生了二十多次放弃一切的想法之后，我放弃了徒劳追寻，在苦苦思索中，几乎就要退而遵守公认的审慎法则，而不再在我过去花费了那么大力气才厘清的原则中找寻真理。但这种审慎本身对我而言是陌生的，我发自内心地觉得采取这样谨慎的态度本身就是不合时宜的，更别提以此作为人生的指导了——那无异于在风暴肆虐的海上寻找一盏几乎无法指明方向的信号灯，没有舵也没有指南针，而这盏信号灯也并不指向任何一处港湾。

我坚持下来了：这是我人生中第一次有了勇气，正是因为这种勇气，我才能够承受从那时起就已经开始将我重重包围但我还毫无觉察的可怕宿命。关于我早年的探寻，若论其热切和真诚程度，没有任何凡人能够与之相比，但在那之后，我决定在自己的一生中只关注那些对我真正重要的感情。即使我预期的结果是错的，至少这种过错不会让我沦为罪人，因为我所做的一切努力都是为了避免犯下任何罪过。诚然，我也毫不怀疑，童年时期的偏见和我秘密的祈愿总会让心灵的天平倾向更让自己快慰的那一边。人很难控制住自己不去相信极度渴望的事物；同时，谁也不会否认，对来生的承认或否认决定了大多数人对希望或恐惧的理解。所有这一切都可能使我的判断产生偏差，这一点我承认，但这些都不会改变我虔诚的信仰，因为我不愿在任何事情上自欺欺人。如果一切都只为今生今世服务，那么了解了这一点就对我意义重大。这样一来，至少能够在有限的时间里最大程度地发挥我的自身价值，不至于沦为彻头彻尾的傻瓜。在我自己的处境中，我感到这世上最令我胆战心惊的就是为了享受尘世间的种种快乐而抛弃灵魂的永恒命运——尘世间的享乐，在我眼里从来就没有太过重要的价值。

与此同时，我还得承认，我并不是总能圆满解决那些哲学家在我耳边喋喋不休的困扰我的难题。但是我最终下定决心，将精力集中在人类智慧甚少涉猎的课题上，那是一个处处布满无法参透的奥秘和难以理解的奇异现象的疆域，对于每一个问题，我都直接采纳在自己看来最有理有据、最令人信服的观点，而不会将时间浪费在那些我无法解决的种种异见上——在相反的理论体系里自然存在同样有力的驳斥观点与之针锋相对。在此类课题上采用教条专断的口气，那是江湖骗子才会采取的做法；真正重要的是要有自己的观点，而且是凭借自己成熟的理智做出判断后得出的观点。即使这样做会让我们犯下错误，我们也可以问心无愧地承担后果，因为我们没有任何罪过。这就是为我营造出安全感的不可撼动的基础性原则。

经过艰难痛苦的钻研，我的研究成果基本上都写进了《信仰自白：一个萨瓦省牧师的自述》[1]中，这本书在我的同时代人中遭到了可耻的凌辱和糟蹋，但或许会在未来的某一天真正得到人们的重视——如果理智和信仰能够在未来重现世间的话。

冥思苦想悟出的道理让我获得了宁静，从那时起，我便将这些道理奉为自己做人做事不可动摇的准则，再

———————

① *Profession de foi du Vicaire savoyard*，中文标题采用商务印书馆李平沤译本。

40

也不为自己无法解决的、无法预见的和近来时不时在我心头萦绕的驳斥烦心。那些驳斥与异见有时还是会让我焦虑，但却再也无法让我动摇信念。我总是对自己说：那些只不过是故弄玄虚和钻牛角尖的诡辩罢了，相比于为我的理性所接纳、为我的心灵所认可和在沉默的苦难中得到内心赞同的基本原则，实在是无足轻重。在面对人类智慧难以理解的高深课题时，对于一种如此稳固，与我的心灵和整个生命相得益彰，让我感受到在其他任何地方都不曾有过的共鸣的学说，难道一条我无法回应的异见就能够将其完全颠覆吗？不，我在不朽的天性、世界的结构以及支配世界的物理秩序之间观察到了一种默契，那是任何空洞的言论永远都无法摧毁的。我在其中发现了与之相对应的道德秩序，这种道德秩序的构成体系是我研究的成果，也是支撑我承受人生苦楚的精神依靠。置身于任何其他体系中，我都将束手无策地活着，也会了无希望地死去。我将成为所有造物中最不幸的那一个。所以还是坚守住唯一让我幸福的体系吧，不论命运如何沉浮，也不管他人会怎么样。

这种思索以及我从中得出的结论难道不是上天授意于我的启示吗？是天意要让我为盘踞在前方的遭遇做好

准备，然后泰然处之。倘若我一直没有找到躲避迫害我的人的庇护所，倘若我一直无法摆脱人们迫使我在世间遭受的种种侮辱，倘若我永远没有希望讨回理应属于我的公道，就这样面对世间任何凡人都不曾见过的最恐怖的自生自灭，那么在等待着我的惊惧之中，在围困我残生的骇人困境中，我将会变成什么样子啊？就在我还天真无辜、心平气和，以为他人对我只会以尊重和善意相待时，就在我抱着一颗开朗和信任的心，向朋友和兄弟倾诉心声时，背信弃义的人已经悄然给我布下了来自地狱的圈套。灾祸来得猝不及防，对于一个骄傲自尊的灵魂而言实在难以承受。我被推进烂泥之中，意料之外的苦痛让我大惊失色，从来也不知道始作俑者是谁，不知道究竟为了什么，我深陷于耻辱的深渊，被恐怖的暗影重重包围，眼前所见都是阴森恐怖的事物。这些意外第一次袭来时，我就被击倒在地，倘若我没有事先积蓄跌倒后再爬起来的力量，或许我永远都无法从此类出乎意料的不幸打击中恢复过来。

在经历了多年的烦躁不安之后，我终于振作起精神，开始专注于本心。直到那时，我才意识到自己为抗拒命运付出了多少精力和代价。我决意好好关注那些在我看来重要且值得评价的事物，在将过去的行为准则与自身的处境相比时，我发现自己对他人荒谬无稽的评判和短短一生中的诸多小事赋予了过分重要的意义。人的一生中充满了种种苦难的考验，这些苦难具体是什么样子并不十分重要，只要能够达到预期的效果就好。所以说，苦难越是苦，越是难，越是层出不穷，懂得如何承受它就越有好处。在能够从不幸中意识到苦尽甘来的重要性和必然性的人面前，任何最强烈的苦痛都会失去杀伤力；坚信苦尽甘来，这就是我在之前的静默思考中得出的最重大的成果。

千真万确，数不清的伤害和毫无底线的凌辱从四面八方袭来，让我不堪重负，焦虑和恐惧经常袭上心头，让我对希望产生怀疑，这摧毁了我的宁静。此前那些我无法解决的强有力的异见现如今又浮现在我脑海中，比过去更加来势汹涌，大有等我不堪命运的重负之时一举将我打垮的势头，那时我将再次在失望之中沉沦。我经常能听到新的观点在我头脑中嗡嗡作响，为之前让我很受折磨的观点提供了新的参考。唉，在心情沉重到快要窒息的那些时刻，我不禁心想：如果在我自己惨痛的人生轨迹中，发现理智带给我的慰藉其实只不过是空想的话，那么还有什么能保护我免遭绝望的侵蚀呢？如果命运就这样摧毁自己的杰作，并将它在苦难中赋予我的希望和信心全盘推翻，又会怎样呢？在整个世界上只能哄骗我一个人的幻觉又算是哪门子的支持？当下整整一代人在评价我赖以为生的情感时，他们只看得到自己的谬误和偏见，他们所主张的真理和真相只存在于和我的思想截然相反的体系中；他们似乎根本无法相信我是真心实意地认可这种世界观，而我自己呢，在全心全意地接纳这种世界观的时候也确实遇到了难以逾越的困难，我对此束手无策，但绝不会就此放弃。我会不会是平庸凡人之中唯一有智慧、唯一开窍的呢？周围的事物适合自己，是否就足以让人相信它们原本就是这样呢？某些事物的表象在其他人看来毫无依据，如果没有心灵的指引，连我自己都会以为那是幻觉，对于这些表象，我是否有足够的信心选择相信它们呢？接受迫害我的人们奉为宗旨的准则，以此为枪矛与他们针锋相对，这难道不比故步自封和束手待毙更有价值吗？我自以为睿智，其实不过是个傻子，我只不过是"自命不凡"这个错误的牺牲品，只不过是个殉道者罢了。

数不清有多少次啊，在那些犹疑不定的时刻，我都已经打算在绝望中自暴自弃了。倘若我以这样的状态过上一个月，那我的生活和我自己就全完了。不过，这些危机时刻尽管有时来得十分频繁，但却总是短暂的。而现在，我固然还没有彻底从中解脱出来，但这些危机很少发生，又总是一闪而过，根本不足以搅扰我的清宁。它们只不过是轻飘飘的情绪，在我心上造成的波动不会比羽毛落在河面上对水流的影响更大。重新审视我在上文中已经阐述过的那些过去我已经想清楚的问题，我感觉这样做似乎让我萌发了新的智慧，或者说让我对真理有了比当初思考研究时更加成熟的判断，对真理的追求也更加热忱。上述几种没有一种符合我的情况，没有任何站得住脚的理由能让我在意各路舆论胜过自己的感情——舆论观点除了让我在绝望的重负之中痛不欲生外再无别的作用，而我的情感则来自年岁的力量，来自反复思索之后的成熟心智，来自生命中除领悟真理之外再无其他消遣的平静时光。现如今，我的心灵被忧伤紧紧攫住，灵魂被烦恼折磨得日渐消沉，想象力宛如惊弓之鸟，数不清的可憎谜团包围着我，扰得我烦恼不堪；现如今，我所有的才能都在衰老和痛苦中每况愈下，慢慢地失去了它们的全部活力，在这样的情形下，我还会无缘无故地放下自己已经积累起来的所有资源，信任我那日渐衰颓又让我变得不幸的理性，反而弃置我那精力充沛、精神饱满并能够慰藉我所承受的本不应承受之痛苦的理性于不顾吗？不，我现在并不比当初的自己更聪慧、见多识广和虔诚；我那时还不了解今天让我如此困扰的难题，但这些难题并没能阻止我，如果说还会出现什么之前我一直没有注意到的新问题，那也是难以捉摸的玄学诡辩，根本不可能动摇古往今来所有圣贤都接受、所有国度都认可的以不灭字迹镌刻在人类心灵上的永恒真理。我在默默思考这些问题时明白，人类的理解力终究会受到感官的限制，不可能掌握这些课题的全部。因此，我只专注于自己能力范围之内的事物，不去理会超出自己能力的事物。这个决定是明智的，我在过去一直是这么做的，我的心灵和理性都顺应这个决定。时至今日，有那么多强有力的理由让我继续坚守这一决定，我凭什么放弃它呢？继续坚持这一决定能有什么危险呢？放弃这一决定又能让我得到什么好处呢？如果采纳了迫害我的人的学说，难道我就会心服口服地接受他们的道理吗？他们在书中或在剧场舞台上夸夸其谈的所谓道德既没有根基也没有果实，永远也不会对心灵和理性造成任何潜移默化的影响；或者是另一种隐秘而残酷的道德，那是只有知晓其中关窍的人才会奉行的内心教义，与它相比，此前那一种道德只不过是它的面具，这是他们唯一追随的行为准则，用在我身上也是得心应手。这种道德纯粹是侵略性的，对防守没有任何意义，只适用于进攻。对于已经被人们逼入此番境地的我而言，这样的道德能有什么用呢？纯洁是我在逆境中唯一的依靠；如果我连这唯一强大的能力都放手不要，转而投靠恶毒的言行，那我会让自己的不幸加剧多少倍啊？要论学习毁灭的艺术，我很快就能赶上那些人，待到我成功之时，我给别人造成的痛苦难道就能将我从自己的痛苦之中解脱出来吗？连我自己都会瞧不起自己，这样做不会给我带来任何好处。

就这样自己和自己理论一番之后，我终于还是坚守住了自己的原则。似是而非的花言巧语、无法解决的异见和超出我本人甚至全人类智慧范围的难题都无法再让我动摇。我为自己的精神世界建立起了最为坚实的基础，思想安顿下来，受到良知的庇护；外界的教义学说无论是旧是新，都无法再撼动我的精神世界，也休想再搅扰我哪怕只是片刻的安宁。我的精神陷入了倦怠而迟钝的状态，我甚至淡忘了建立自己信仰和准则基础的理性思考能力，但我永远不会忘记自己从理性思考中得出并获得了良心和理智一致认可的结论，我会一直坚持这些结论。让所有的哲学家都来和我唱反调好了：他们这么做只是在浪费时间和精力。在我的余生，对一切事物我都会坚持当初在我还有能力做选择时所做出的决定。

这样的安排让我觉得平静，我还在其中找到了我恰好需要的希望和慰藉，我对自己心满意足。面对一种完全的、持久的、悲伤的孤独，加之当今整整一代人始终明确而强烈的憎恶，以及他们无休止地压在我头上的羞辱——如果说这一切从来没有让我心灰意冷，那是不可能的；摇摇欲坠的希望和令人沮丧的怀疑仍然会时不时卷土重来，骚扰我的灵魂，让我满怀忧愁。在那样的时刻，我没有能力治愈自己的心灵并获得安全感，我需要回忆过去的疗伤方法并使用它们，也许我勉力寻找的关怀、关心和真挚的情感就会重新浮现在我的记忆里，让我重拾信念。因此，我拒不接受任何新的想法，就像拒绝致命的错误一样，所谓的新想法只不过是徒有其表而已，除了搅扰我的清宁之外没有任何作用。

就这样，局限在过去狭小的知识空间里，我并不像梭伦那样幸运，能够在逐渐老去的每一天里都学习到新的内容。我甚至要小心地让自己不要出现危险的骄傲，以至于想要去学习我已经不再需要知道的东西。不过，虽然说在能够学以致用的知识之中几乎已经没有什么值得我去学习的了，但就我所处的精神状态而言，在品德方面我还有很多需要学习的地方。学习这样的知识，现在正是时候，用这样一种知识来丰富和装点我的灵魂，当我的灵魂从拘束它并让它闭目塞听的肉体中解脱之时，这些知识也会被它带走。那时，我的灵魂将会看到毫无遮掩的真理，它将会看到人类的知识是多么的渺小，虚伪的学者们又是多么的空无一物。它将为在这一生中因追求知识浪费的时间而悲叹。耐性、温柔、顺从、尊严和不偏不倚的公正，都是人们可以带走、可以不断积累充实也不必担心死亡会让我们失去的财产。这就是我将用残生来学习的唯一有用的课题。如果我足够幸运，取得了一定的进步，我将学会如何以一种比来到这世界更为高尚的方式离开这个世界。更高尚，但不是更美妙的方式——因为那是不可能的。

四 谎言与真相

　　在我至今仍会不时读一读的为数不多的书籍中，普鲁塔克是我最为偏爱也让我最有收获的作者。他的作品是我童年的第一部读物，也将会是我晚年最后的读物。普鲁塔克差不多是唯一让我每次阅读都开卷有益的作者。前天，我在他的伦理学著作中读到一篇专题论文：《如何汲取敌人的长处》。而在同一天，我在整理一些作者本人寄给我的书籍时，偶然发现了一本罗西耶神甫的日志，标题下写有一句拉丁文题词：

Vitam vero impendent.[①]

Rosier

　　这些先生混淆视听、咬文嚼字的套路我再熟悉不过了。所以我明白在礼数周全的态度背后，他对我说了一

---

①拉丁文题词：致献身真理之人——罗西耶。

句残忍的反话。但是因为什么呢？为何如此讥讽？我做了什么使他要这样对我？为了充分利用从普鲁塔克那里学到的教诲，我决定在第二天漫步时好好反省一下自己对于谎言的看法，这番思考让我确信自己之前已有的想法：遵从德尔菲神庙中"认识你自己"这句神谕，并不像我在《忏悔录》中所认为的那样容易。

第二天散步的时候，我聚精会神地思考着这个问题。而我想到的第一件事是我在很久以前说过的一个卑劣的谎言，关于它的记忆让我一生不得安宁，直到年老时仍然让我这颗早已经历了世事沉浮的心灵为之伤怀。这则谎言本身就是一桩不小的罪过，或许它产生了某些我不知情的后果，那样的话事态就更加严重了。不过即便像现在这样，内疚对我的折磨仍然要多残酷便有多残酷。但如果只考虑事发时我的处境，那次撒谎只不过是羞怯的产物而已，丝毫没有伤害说谎对象的意图。我可以对天发誓：即使在无法控制的羞怯让我说出谎话的那一瞬间，如果能够消除羞怯对我个人的影响，就算流干最后一滴血我也甘之如饴。我无法解释这种冲动，只能说一谈起这件事情我似乎又有了当初的感觉：在那一瞬间，腼腆的天性压倒了心灵的所有祈愿。

51

对这次悲惨事件的记忆和它给我留下的难以磨灭的悔恨之情激发了我对谎言的深恶痛绝，让我在余生始终都小心地守护着自己的心灵，以免再遭谎言的罪恶侵袭。当我看到别人给我的那句题铭时，我认为自己当之无愧，而当我根据罗西耶神甫的题词开始对自己进行更为严谨的反省时，我也毫不怀疑自己是配得上这句话的。

然而，当我更加仔细地审视自己时，却吃惊地发现居然有那么多我当作大实话说出来的事情，实际上它们只是我的主观臆断；当时我还以自己对真相的热爱为荣，骄傲地自诩将自身的安全、利益和人格全部奉献给真相，心怀公正，在全人类再也找不到第二个像我这样的典范。

而最让我惊讶的是，在我回想起自己编造的各种瞎话时，我没有感觉到一丝真正的悔意。我，对虚假的厌恶之情无以复加的我，宁愿身受酷刑也不愿说谎避祸的我，到底是出于怎样令人费解的言行不一，才会如此轻松地说出既没有必要也没有好处的谎话？到底是怎样无法理喻的前后矛盾才能让我——能够被一次谎言的愧疚纠缠整整五十年的我——对此毫无悔过之意呢？我从来没有对自己的过失熟视无睹；道德的本能始终指导着我的行为，我的良知也一直守护着最初的贞洁，尽管有时也难免会屈从于一己之私。人在冲动的驱使下，至少可以拿软弱当作借口——在这样的情形下，良知还可以坚守底线，但为什么偏偏在一些无关紧要且找不到任何借口的小事上失守了呢？我发现在这一点上，我对自己的评价正确与否取决于如何回答这个问题。而在设法对此进行了充分考察之后，我终于为自己找到了答案。

记得在一本哲学类书籍中读到过：说谎，就是隐瞒一桩原本应当说明的真相。根据这一定义，对一件没有义务必须要说出来的真相保持缄默并不是说谎；但在同样情况下，不说出真相还要说出相反一面的人究竟是不是在说谎呢？根据上文的定义，只能得出此人是在说谎。这就好比将假币奉送给一个与自己没有任何债务关系的人，对拿钱的人构成了欺骗，毫无疑问，这并不构成盗窃。

这样一来就出现了两个有待研究的问题，每一个都非常重要。第一个问题：既然我们并非总是有义务说出真相，那在什么时候什么情况下应该对别人说真话呢？

第二个问题：是否存在可以善意地欺骗别人的情况？第二个问题的答案非常明确，我很清楚这一点；书本里的答案是否定的，因为书中的道德再严苛也不需要作者付出任何代价；社会上的答案是肯定的，因为书本里的道德一到社会上便成了不切实际的长篇废话。就让这些权威自相矛盾去吧，让我们用自己的原则来解决自己的问题。

普遍而抽象的真理是所有财富中最珍贵的。没有它，人便有眼无珠。它就是理性的眼睛。正是通过这样的真理，人才能学会为人处世，才能成为自己应当成为的人，才能做自己应当去做的事，才能实现人生的真正目标。具象而个性化的真相并不总是一种财富，有时也会是一种罪恶，而更多时候只是一件无足轻重的小事。对于一个人而言，为了获得幸福有必要了解的意义重大的事物或许并不是很多，但不论数量多寡，它们都是属于这个人的财富，他有权利宣扬自己所拥有的一切，这是旁人无法窃夺的财富，而拿走它也并不是不公正的错误，因为它是所有人共同享有的财富的一部分，共享和交流不会让付出财富者有一星半点的损失。

在传播知识和指导实践方面都没有任何用途的真相怎么能说是理所应当的财富呢？它们根本算不上是一种财富。由于所有权只能建立在有用性之上，那么毫无用途的东西也就不存在任何所有权的问题了。人们可以要求获得土地，因为土地即使贫瘠但至少还可以居住；对于一件从任何方面来看都没有用处也无关紧要且无论是真是假都不会对任何人产生任何后果的事实，谁都不会感兴趣。在道德层面上，没有什么是无用的，物质层面也是如此。没有任何好处的东西不会引起任何义务问题。一件东西若要能够产生义务，必须得有用，或者可能有用。这样说来，理应公开的真相就是那些涉及正义的真相；如果将"真相"一词用于那些所有人都不在意是否存在即使知道了也全无用处的空虚事物，那简直是亵渎了"真相"这个词的神圣意义。即使真的存在没有任何用处的真相，那它也不可能有必须要公开的义务。这样一来，对这种真相保持沉默或加以掩饰的人也就谈不上是在说谎了。

但是，如此枯燥无味的真相是否真的在任何方面都一无是处，这是一个值得探讨的论题，此后我还会予以论述。现在，还是让我们来谈谈另外一个问题吧。

"不说真话"和"说假话"是截然不同的两个概念，却可以产生同样的作用：二者显然都没有任何作用。当真相本身无关紧要时，与之相反的谬误也就同样无关紧要；因此，在同样的情况下，用与真相背道而驰的话来骗人，并不比闭口不谈更卑鄙；如果真相本身是无用的，那么谬误并不会比无知更糟糕。海底的沙子究竟是白色还是红色与完全不知道是什么颜色相比并没有更多的意义。只有对别人犯下错误才会导致不公。所以，在不伤及任何人的情况下，何来不公可言呢？

对上述问题如此简要地做出决断，没有让我得出足以运用到实践当中的心得，事先的阐释准备得也不够充分，并不能够恰如其分地运用到可能出现的实际情况中去。如果真相的有用性是判断是否有必要说出真相的依据，那么我又该如何对这种有用性做出判断呢？对某个人有好处的事情往往会有损于另外一个人，个体利益总是与公共利益站在对立面。遇到这样的情况，该如何处理呢？是否应该为自己面前的人牺牲不在场者的利益呢？对于有利于某一方而损害另一方的真相，是应该缄口不言还是实话实说呢？我们是否应该以公共利益或均等分配的正义为唯一的尺度来斟酌自己的言谈呢？如果

56

是的话，那我又怎么能确信自己对事物的方方面面都有足够的了解，从而能保证本着公平的原则运用我所掌握的知识呢？此外，当我们审视自己对别人所承担的义务时，又是否充分考虑了我们应当为自己和真理本身所承担的义务呢？如果我说了谎话却没有对别人造成任何损害，是否就可以认为这么做对自己也没有任何影响呢？永远公正是否就等于永远清白无辜呢？

尽管独自思索的过程很容易牵扯出令人困惑的论辩，不过还是让我们始终诚实面对可能产生的风险吧。正义本身就存在于事物的真相之中。当人们说出的话与原本应该去做或应该相信的规律相违背时，谎言永远是极不公正的，谬误也永远是欺诈行为；而当人们说出真话时，无论真相会导致什么样的后果，说话的人都是无可指摘的，因为他们没有在其中掺杂任何私心。

但是这么说只是将问题一刀切，并没有解决问题。问题的关键并不在于宣传始终说真话的好处，而在于应该弄明白我们是否有始终说真话的义务。而根据我之前思考过的定义，我想答案是否定的，我们应该明确区分在严格意义上必须说出真相的场合以及可以保持中立或在不说谎的前提下蒙混过关的场合——我发现此类情况在现实中的确存在。因此，问题的关键在于找出如何分辨和判断不同场合的规律。

然而，到哪里去寻找这条规律？又该如何证明这条规律百无一失呢？在所有与之同样棘手的道德问题中，我早已发现了一个行之有效的解决办法，那就是倾听良知的内省而不要依赖理性的条条框框。道德本能从来没有欺骗过我：到目前为止，它在我心中仍然保留着值得信任和托付的纯洁，尽管有时面对我的冲动情绪，它没能充分发挥引导行为的作用，但当我回忆当时的情景时，道德本能便重新占据了掌控地位。于是我在种种回忆中对自己进行了极其严格的审判，即使是至高无上的末日审判或许也不过如此吧。

根据言论所产生的效果来评判言论本身，往往会导致错误的评价。因为这些效果并不总是那么显而易见、容易洞察，还可能会因发表言论的场合而产生近乎无穷大的变数。唯一能够用以评价人们的言论并决定其中怀有多少恶意或善意的标准，只能是说话人的意图。说假话只有在蓄意欺骗时才构成说谎的行为，而欺骗本身也不一定总是以伤害他人为目的，有时甚至可能完全相反。不过，要将一桩谎言开脱为无辜之举，仅仅证明没有蓄意伤害的意图是不够的，还必须证实谎言给他人造成的误导不会以任何方式给任何人造成任何损害才行。这一点很难确定，也很少有人能够证实这一点。为了自己的利益而说谎属于欺诈，为了他人的利益而说谎属于舞弊，为了损害他人的利益而说谎则是恶意诽谤——这是所有谎言中最恶劣的一种。于人于己都没有任何好处也没有任何坏处的说谎行为算不上是说谎——那不是谎言，而是虚构。

以道德教育为目的的虚构被称为道德故事或寓言故事。它们的目的仅仅是用直观明白和喜闻乐见的外在形式表达有益的真理，在这样的情况下，完全不必费心去粉饰和捏造谎言，因为此时谎言只不过是真相的外衣罢了。仅仅在讲述寓言的人从任何角度看都不能算是在说谎。

除此之外，还有完全无益、纯属消遣的虚构，大部分故事和小说都属于这一类，其中没有任何有内涵的深刻道理，纯粹是为了娱乐。这些与道德毫不相干的小说和故事只能通过创作者的意图予以鉴赏评价，如果创作者有意将故事作为真实发生的事情确信无疑地讲述，那么绝对无法否认，它们就是彻头彻尾的谎言。然而，有谁曾经对这些谎言较真过，又有谁曾经严加指责过制造这些谎言的人呢？举例来说，《尼德的神殿》[①]或许承载了某种道德上的目的，但这种目的却淹没在让人的感官获得享受的细节中，被充满情色意味的画面腐蚀了。作者是如何为本书披上道貌岸然的外衣的呢？他假装自己这部作品是一部古希腊手稿的译本，还绘声绘色地讲述了发现这部手稿的来龙去脉，让读者对作品的真实性深信不疑。如果这都不算是地道的谎言，那我倒真想请教一下，究竟怎样才是说谎呢？但是，又何曾有人勇敢地挺身而出去声讨作者说谎的罪行，并据此将其指控为欺世盗名和招摇撞骗的人呢？

有人会说，这只不过是玩笑之举罢了，作者虽然言之凿凿，但并没有指望让别人信服，而且实际上也确实没有人真的相信他的说法，公众从来没有怀疑过他就是

---

① *Temple de Gnide*，1725年出版的诗集，孟德斯鸠称该作品翻译自古希腊手稿，实为孟德斯鸠本人所作。

这部作品的真正作者，尽管他声称自己只是这部古希腊作品的译者，那不过是做做样子。对此我的回应是，这样开玩笑没有任何目的，只能说是一种幼稚而愚蠢的行为；而一个说谎的人即便宣称自己并没有说服任何人，也丝毫不会改变说谎本身的性质；而且，应该将受过教育、有知识、有判断力的公众与大多数普通而轻信的读者区别对待，对于后者而言，一名严肃的作者以真诚的口吻讲述的关于手稿的故事真的会让他们深信不疑。如果一杯毒酒以现代作品的形式呈现出来，他们至少会有所防备；然而面对披着古典外衣的酒杯，他们便会这样毫无顾虑地将毒酒一饮而尽。

无论这种区别在书中是否有所体现，但它存在于所有诚实面对自我的人的心中，这样的人无论如何都不会允许自己受到良心的谴责。对于这样的人而言，为了自己去说假话与为了损害别人的利益而说假话一样都是在说谎，尽管前者的罪行要轻一些。让人获得原本不该获得的好处，是在扰乱秩序和公正；将一桩可能带来赞扬或指责、控诉或开脱的行径错误地加在自己或别人头上，这就是一种不公正的行为；一切与真相背道而驰且有伤公正的事物，无论以什么方式存在，都是谎言。这就是具体的区分标准——一切与真相背道而驰但不会在任何方面涉及公平正义的事物，都只能算是虚构。不过我必须承认，如果有人认为纯粹的虚构也是一种谎言并予以抨击的话，这样的人一定有着比我更加高尚和正直的良知。

人们称之为"善意的谎言"同样也是谎言，因为不管是为他人的利益考虑还是为一己私利考虑，与损害他人的利益相比，"善意的谎言"一样不公正。但凡涉及某一具体的个人，对他进行不符合事实的称赞或指责都是在说谎。但如果是某种想象中的存在，只要不对编造的事实中所蕴含的客观道理妄加错误的评判，随便说什么都不算是说谎；错误的评判虽然并没有在事实上说谎，但却在伦理道德上说了谎，而道德真理比起事实和真相则更应受到百倍的尊重。

我见过社会上被人们称之为诚实的那些人，他们全部的诚实都在漫无目的的闲谈中消耗殆尽：必须一丝不苟地说出时间、地点、人物，见不得一星半点的虚构，不能对任何细枝末节有一丁点修饰，不能有半分添油加醋的夸张。对于一切完全不触及他们自身利益的事物，他们的叙述绝对忠实，再可信不过了。可是，一旦谈到涉及他们自身的事物或者讲述与他们息息相关的事实时，他们就会极尽粉饰之所能，将事物以最有利于自己的模样呈现在光天化日之下；如果谎言对他们有用但他们自己又不能亲口说谎，他们也有办法巧妙地偷梁换柱，不动声色地让别人对谎言信以为真，同时又不会让别人怀疑到自己身上。这就是他们的狡猾之处，此时诚实早已被甩到九霄云外去了。

我称之为真实的人与他们完全相反。对于前一类所谓诚实之人表面上十分看重实则完全无关紧要的事情，我所说的真实的人几乎不怎么在意，他们毫不介意用编造的事实来开玩笑，前提是这样的编造不会对任何活着或死去的人产生任何有利或不利的评价。但是任何违背公正和真理并给人带来好处或损失、使人获得尊敬或受到蔑视、让人受到赞扬或指责的言论，永远不会浸染诚实之人的心灵，他们不会说出也不会书写这样的言论。即便与自身利益相抵触，他们的诚实也坚定不移。在无足轻重的谈话中，几乎不会听到他们夸耀自己的诚实；之所以说他们真实，是因为他们从不试图去欺骗任何人，因为他们一视同仁地坦然面对指责他们和夸奖他们的真相，因为他们绝不会为了自己的好处或为了打击敌人而去欺骗。因此，我眼中诚实的人与前一种人的区别在于：社会上的诚实之人在不需要付出任何代价的问题上可以保证绝对的诚实，但在这一范围之外便不再可靠；而我所说的诚实的人在需要为真理做出牺牲的时候反而会保持最忠诚的诚实。

但是人们或许会问，我所谓的诚实之人既然像我所歌颂的那样对真理怀有诚挚的热爱，为什么有时也会不把真理放在心上呢？这份热爱是否因为掺有杂质而显得虚伪呢？不，这份热爱是纯净而真诚的，那只不过是因热爱公正才发散出的一种征象，纵然有时看起来难以置信，但绝不会是虚伪的。在这种人的心目中，正义和真理是两个可以混用的同义词。他们心中所崇拜的神圣真理绝不局限于无关紧要的事实和没有用处的名词，而是要忠实地将每一个人应得的东西——荣誉或骂名，赞扬或非难——真正地物归原主。他们不会虚伪，也不会与人作对，因为他们的公正之心不允许他们这么做，他们也不愿意不公正地伤害任何一个人；他们不会为了自己而虚伪，因为他们的良知阻止他们这么做，而他们也不会将任何不属于自己的东西据为己有。他们最珍视的就是自己的尊严，这是他们最不愿意失去的财富；如果为了侵占别人的财产而污损了自己的尊严，那对他们而言才是真正的损失。所以他们有时会在无足轻重的事情上毫无顾忌地撒谎，甚至都不觉得自己是在说谎，但他们永远不会因他人或自己的得失而说谎话。在所有涉及历史真相、言行举止、公正和社会关系的知识上面，他们会在自己的能力范围之内，尽全力保护自己和他人免受谬误的困扰。如果《尼德的神殿》是一部有益的著作，那么关于古希腊手稿的故事就是无伤大雅的虚构；如果作品本身有害，那么这故事就是一个应当受到惩罚的弥天大谎。

这就是我的良心在谎言和真相的问题上所遵循的规则。我的心灵会在理智有意识地做出反应之前下意识地践行这些规则，道德的本能就是我唯一的行动指南。当年那桩让可怜的玛丽雍①成为受害者的罪恶谎言在我心中留下了无法抹除的悔恨，让我一辈子都对谎言唯恐避之不及——不仅是关于玛丽雍的谎言，也包括所有可能有损他人利益和名誉的谎言，无论它们以什么样的方式

———
①Marion，《忏悔录》中被卢梭诬陷为窃贼的女仆。

出现。就这样，我将自己所排斥的范畴推而广之，不愿意精准地计较其中的得失，也不愿意在"有害的谎言"和"好意编造的谎言"之间划出清晰的界限。我认为二者都应当受到惩处，我不允许自己犯这两种错误中的任何一种。

在这方面，就像在其他诸多方面一样，我的脾性在很大程度上影响了我的行为准则，更准确地说，是影响了我的习惯。我从来不按所谓的规则行事，或者说我在任何事情上都没有遵循过除了天性之外的其他规则。事先策划的谎言从未在我的思想中浮现过，我从来没有为了自身的利益说过谎话；但是，出于羞耻心，我经常在一些无足轻重或者最多只关系到我一人的事情上撒谎，好让自己摆脱尴尬的境地，这种情况往往出现在与人交谈的时候。我思绪迟缓，谈吐枯燥无味，所以不得不借助虚构的手法，好让自己有话可说。在确实有必要说话但我却一时间想不到有什么有趣的真话可说时，只好说些趣闻奇谈聊作谈资，以免一言不发落得冷场；而在编造这些奇闻趣事时，只要力所能及，我都会尽量不让它们成为谎言。也就是说，不要让它们破坏公正或既定的真理，尽量只在对所有人和我自己都没什么要紧的地方虚构。我这样做是希望多少可以在故事中用道德上的真理弥补事实和真相的空缺，希望能够在其中表达人类心灵生来就有的美好情感，总是能够让听众从中得到有益的启发——一言以蔽之，使之成为德育故事；但是，这样做需要我有精神的力量，我其实并不具备这种力量。要在滔滔不绝的废话中体现故事的教育意义，也需要更加精巧的技艺才行。这样讲故事的节奏远远超出了我思考的能力范围，使得我几乎总是来不及思索便脱口而出，所以我常常说出自己理智不能容忍、心灵也不认同的愚蠢荒谬之语——这些话语在我能够做出判断之前便从我嘴里蹦出来，使我再也无法通过审慎的思考对它们加以修饰了。

同样地，依然是在这最原始的、无法抗拒的脾性的驱使之下，在出乎意料的突发时刻，羞怯和腼腆经常让我不假思索地说出与自己的真实意愿毫无关系的谎言，从某种程度上说，是因为必须当场做出回应，才让我违背了自己的真实意愿说出那些谎话。玛丽雍事件中，对那位可怜姑娘的深刻印象足以让我永远不再说出可能对别人造成妨害的谎言，但这却不能制止我为了摆脱尴尬而说出某些只牵涉到我自己的谎话，尽管这么做与说出可能影响他人命运的谎话都违背了我自己的良知和原则。

我对天发誓，假如能够在摆脱场面上的尴尬之后立刻收回谎言并说出真相，同时也不会因为出尔反尔给自己招来新的羞辱，那我一定会真心实意地收回谎言。但是，自己主动坦白的羞耻又让我举步不前：我对自己犯下的错误深感懊悔，然而却没有勇气去弥补自己的过失。下面这个例子能够更好地说明我想表达的意思，从这一事例可以看出，我不会为了利益或自尊心说谎，更不会因嫉妒或恶意说谎，但却唯独会因为尴尬和羞怯而说出谎话，甚至有时明明知道别人也十分清楚我说出的是一句谎言，我也知道这么做对我完全没有任何意义。

不久之前，福尔基耶先生不顾我的推辞，执意邀请我和妻子前去参加在餐厅老板瓦卡森夫人家举行的野餐，同去的还有福尔基耶的朋友贝努瓦，瓦卡森夫人和她的两个女儿也和我们共进午餐。席间，瓦卡森夫人的大女儿，一位身材发福的已婚妇女，突然毫无顾忌地问我有没有子女，发问时还目不转睛地盯着我。我的脸一直红到耳根，随后回答说我没有这样的好福气。她不怀好意地微笑着，看了看身边的人——其中的意味不难理解，连我也看得出来。

首先，很明显这并不是我原本想要做出的回答，尽管我确实希望别人相信这个回答。从当时对方向我提出这个问题时的情景来看，我非常确定的一点是我的否认不会让对方对问题的看法有任何改观。他们所期待的正是我的否认，甚至可能故意问起这个问题就是为了体验一下让我说谎的乐趣。我还不至于迟钝到连这都感觉不出来。一名年轻女子向老人家问这种问题是很不谨慎的。这样说起来，我原本用不着说谎，用不着为承认事实而脸红，反而可以把爱开玩笑的人们撇到一边，好好给她一顿教诲，让她以后再也不会那么不得体地向我发问。但我没有那么做，该说的话我都没有说，说出口的都是不该说且对我一点用也没有的话。可以确定的是，我的回答完全不是我个人判断或主观意愿的体现，只是尴尬局促之中无意识的产物。从前，我丝毫没有尴尬的困扰，那时候，我会坦然承认自己的过错而不觉得羞耻，因为我毫不怀疑自己能够在今后的生活中弥补这些过错，我从自己内心深处就能感受到这一点；然而，恶毒的言行让我伤心气恼，逐渐让我偏离了最初的方向；随着我的处境越来越不幸，我也变得越来越内向腼腆，而我从来都只是因为内向腼腆才会说谎。

在写作《忏悔录》的时候，我感到自己对谎言天然的憎恶达到了无以复加的顶峰，因为在写作的过程中，让我想要说谎的诱惑层出不穷，而且十分强烈，只要一念之差，我就可能写下谎言。但我并没有对我所承受的一切闭口不谈或加以掩饰，恰恰相反，在某种我自己也很难解释的或许来自对一切赝品反感的精神支撑下，我发现自己笔下的谎言走向了相反的方向：我开始极度严苛地控诉自己的罪行，而不是纵容自己的行为，设法为自己开脱。我的良知告诉我，将来的某一天，当我接受审判时，也绝不会像我对自己的审判这样严厉。没错，当我说出这句话时，我为自己的高尚灵魂感到自豪，我在这部作品中所倾注的无与伦比的信仰、诚实和坦率，甚至比其他任何人都走得更远，至少我是这么认为的。我感觉到善战胜了恶，我想要将一切都说出来。我也确实把一切都说了出来。

我从来没有知而不言，有时反而说得太多，不是对于事实本身，而是对于环境和情势。这种谎言与其说是

70

意志主导下的行为，倒不如说是兴奋狂热的想象力的产物。我甚至不该称之为谎言，因为我的那些添枝加叶没有一样算得上是真正的谎言。写作《忏悔录》的时候，我已经老了，已经厌倦了生活中一度浅尝辄止却又发自内心地觉得毫无意义的空洞享受。我是将《忏悔录》当作回忆录来写的；但我时常想不起要回忆的内容，或者只记得其中的一鳞半爪，于是只好用想象的细节来填补其中的空白，将记忆补充完整，但增补的内容绝不会与事实相反。我喜欢沉浸在对生活中幸福时刻的回忆里，有时难免出于温情的伤怀而对回忆加以美化装饰。对于已经忘却的事物，我写下的则是记忆中它们应该是、可能是的那副样子，绝对不会是与我的印象截然相反的模样。有时候我会通过渲染让真相呈现出奇特的魅力，但我从来没有用谎言掩盖自己的罪行，或给自己冠以实际上并不具备的德行。

有时候，在未经思考的情况下，在描绘自己的形象时，我会不自觉地将自己丑恶的一面隐藏起来。就算如此，这样的隐瞒也通过另外一些更加不合常理的掩盖我善良一面的沉默得到了补偿。这就是我天性中非常奇特的一点，如果人们不相信我，我也可以理解，但不管这一点多么令人难以置信，它确实真切地存在：我经常谈论自己卑鄙可耻的言行，却极少赞扬其中善良可爱的部分。大部分时候，我对自己善的一面闭口不谈，因为不想在好的方面言过其实，更不想将《忏悔录》写成颂词。在讲述自己的青年时代时，我没有炫耀自己所具有的禀赋，甚至有意略过了能够充分证明自己优秀品质的事件。写到这里，我想起了两件小事，它们都发生在我的童年时期，在当初写作的过程中也曾浮现在我脑海里，但是出于我刚刚提到的特殊原因，我放弃了将这两件事记录下来的念头。

那时候我差不多每周日都会去法奇先生家过周末，他是我的姑父，住在日内瓦的帕基区，在那里经营一家印花棉布小工厂。有一天我跑到轧光机房的晾干棚里，打量着那里的铸铁滚筒。闪闪发光的滚筒吸引了我的目光，我特别想试一试用手指头摸摸它们是什么感觉。正当我满心欢喜地用手指抚摸着滚筒光滑的表面时，小法奇来到轮机前将滚轮转了八分之一圈，恰好就夹住了我最长两根手指的指尖；这一下来得很快，但也足以夹伤我的手指尖，还把我的指甲紧紧粘在了滚筒上。我撕心裂肺地哭喊起来，小法奇眼疾手快，迅速把滚轮转了回去，但我的指甲还是粘在滚筒上，手指血流如注。小法奇吓坏了，他惊叫着从轮机上下来，跑过来抱着我，恳求我不要哭得那么大声，不然他就要完了。虽然我当时痛到极点，但他的样子触动了我，我忍住了哭声。我们俩来到蓄水池边上，他帮我洗干净手指，用苔藓止住了血。他含着眼泪哀求我不要去告他的状，我答应了，而且信守了承诺，以至于直到二十年后，都没有一个人知道我的两根手指上为什么会有那样的伤疤——疤痕一直留在那里。此后我卧床静养了三个多星期，两个多月都没法使用受伤的那只手，我一直跟别人说是一块大石头掉下来砸坏了我的手指。

宽宏大量的谎言啊！

难道有比这美妙的真相更值得去爱的吗？

在当时的情形下，这起事故让我痛苦难耐。因为那段时间恰好是市民军事操演的日子，我也和三个跟我年纪差不多的孩子组成了一支小队，我原本应该穿着制服和他们一起跟着本区的连队操练。每每听到连队从我窗前经过时响起的鼓声，我内心都充满了渴望；一想到我的三个小伙伴在连队训练而我却躺在床上，我就悲痛欲绝。

我要讲述的另一个故事和这个很像，只是我的年纪更长了几岁。

那时候，我和一个名叫普兰斯的伙伴在普兰帕莱打槌球。玩着玩着，我们发生了争执，相持不下便打了起来。打斗过程中，他用槌球棒在我没有任何防护的脑袋上结结实实打了一棍子。那一棍打得稳准狠，如果再用力一些，大概会把我的脑浆都打出来。我当时就倒下了。在我一生中，从来没见过任何人像这个可怜的男孩看到鲜血从我头发里汩汩流出时那样激动不安。他以为自己把我给打死了。他冲到我身边，把我紧紧抱在怀里，泪如泉涌地大哭起来，发出声嘶力竭的哭喊声。我也使出全身的力气抱着他，和他一样哭了起来，那是一种复杂的情绪，其中并非没有一丝温情的感动。哭完之后，他自告奋勇开始用手绢给我止血，然而我们俩身上的手绢根本不够用。于是，他把我带到他母亲家中——就在附近，家里还有一座花园。善良的夫人看到我这副样子，差点哭晕了过去。不过她还是努力打起精神给我处理了伤口。清洗好伤口之后，她还在伤处敷上了在烧酒里浸泡过的百合花瓣，这是一种效果极好的治伤药，是我们当地常用的偏方。那次受伤之后，母子俩的眼泪似乎落在了我的心头，以至于在很长的一段时间里，我都将夫人当作自己的母亲，将她的儿子当作自己的亲兄弟。直到再也见不到他们俩之后，我才渐渐忘记了他们。

关于这两件意外，我一直保守着秘密。后来在我生命中还出现过上百件类似的事情，而我在《忏悔录》中甚至没打算提起，因为我并不想在书中宣扬自己性格中自认为善良的一面。不，当我说出与我所知道的真相相悖的话时，从来都不是关于某件无足轻重的事——抑或是出于交谈的尴尬，抑或是为了写作的快乐，但从来不是为了任何自身利益，也不是为了给别人带来好处或造成伤害。任何能客观公正地阅读我的《忏悔录》的人——如果真的能有这样的人——会觉得与某些性质恶劣但说出来不那么丢人的罪行相比，我在书中所坦白的内容更令人感到羞耻和难以忍受，我从未犯下过那样严重的罪行，因此在书中也从未提及。

从所有这些思考中可以得出这样的结论：我所信奉的诚实最关键的依据是正直和公平的思想观念，而不是事物本身的现实性；我在现实中身体力行的道德准则来自我的良知，而不是真与假的抽象概念；我经常讲述各种各样的故事，但我很少说谎。遵循这些原则做事的我，给别人留下了许多把柄，但我从来没有对不起任何人，我也从来没有为自己谋取过任何并不是理所应当属于我的好处。在我看来，只有这样，诚实才真正称得上是一桩美德。否则，诚实只不过是一种形而上的抽象存在，既谈不上有多好，也谈不上有多坏。

然而我能感觉到，以上种种分辩并不足以说服我的心灵并让我从内心深处相信自己的所做所言无可厚非。虽然我仔细地考量了自己对他人所负有的责任，但我有没有认真审视过自己对自己所负有的责任呢？要想公正地对待别人，首先要坦诚地对待自己，这是一个正直的人出于自尊应当授予自己的敬意。当我因自己言谈枯燥而不得不用无害的虚构聊以弥补时，我其实做错了，因为我绝对不应该为了逗别人开心而贬损自己的价值；当我被写作的快乐牵着鼻子走，为真实的事物增添各种编造的装饰时，我更是错了，因为用虚构的故事来装点真

76

相，其实就是在歪曲事实。

不过，我所做的最不可原谅的事，就是选择"献身真理"这句格言作为我的座右铭。这句格言使我有义务在诚实与真相的问题上比任何人都更加严格要求自己，不仅要为之奉献出我的利益和爱好，它还要求我为之牺牲自己的软弱和天性中的羞怯。在所有场合永远保持诚实是需要勇气和力量的。一心为真理而奉献的人，永远不能说出或写下任何虚构的故事。就是这样，当我骄傲地选择这则格言时，就应该想到这些；既然我敢于将其作为座右铭，就应该时时刻刻对自己重复这个道理。我的谎言从来都不是虚伪的造物，而是源于软弱，但这实在不能成为给自己开脱的借口。既然灵魂软弱，最多可以保护自己免于罪恶；但是偏偏要对高尚的美德侃侃而谈，那就是轻率和傲慢了。

这就是我关于这一问题的思考。如果没有罗西耶神甫的启发，我或许永远也不会想到这一切。毫无疑问，现在想要利用这些思考已经太迟了，但用它们来纠正我的错误并让我的意志重回正道，却还不算太晚：因为从现在起，这一切都取决于我自己。因此，就像在其他类似的方方面面一样，梭伦的准则适用于所有年龄段的人。任何时候开始学习都不迟，即使是向敌人学习，也要永远学习对方的睿智、诚实和谦逊，不要自视过高。

五 岛上的日子

　　我曾在许多迷人的地方居住过。在我居住过的所有住所之中，没有任何一个地方像比尔湖上的圣皮埃尔岛那样，让我发自内心地感到幸福并在我心中留下了无比温存的怀恋之情。这座小岛在纳沙泰尔地区被叫作拉摩特岛，甚至在瑞士本土也鲜为人知。就我所知，从来没有一位行者和旅人提到过它。然而这座小岛风光却非常宜人，对于想要离群索居的人来说，尤为适宜；尽管我或许是世界上唯一命中注定孑然一身的人，但我想大概并非只有我一个人有喜好孤独的天性——虽然迄今为止，我还没有在任何人身上发现这一点。

　　与日内瓦湖相比，比尔湖更多了几分蛮荒之气和浪漫主义色彩，因为岸边的岩石和树木更靠近水面，但却一样令人心生喜悦。虽然少了些农田、葡萄园、市镇和房屋，但却有着更多天然的青枝绿叶、更多的草场和树影斑驳的绿荫，景色的对比更加突出，地形起伏也更平缓。景色美好的湖岸边由于没有便于行车的宽敞大道，所以鲜有游客光顾；但是这里却很适合孤独的冥想者漫步，可以从容不迫地徜徉在充满魅力的湖光山色里，在静默中凝聚心神。除了鹰隼长啸、鸟鸣啁啾和山间飞落的湍流声之外，不会再有任何外物打扰这份宁静。这片水域大体上呈圆形，湖中心环绕着两座小岛。其中一座岛上有人居住耕作，环岛一圈大约半法里；另一座要小一些，荒无人烟。人们不断从小岛上取土用以填补大岛上被波浪和风暴冲蚀的土地，或许最终会将小岛彻底摧毁。这便是弱者永远只能为强者所用的道理。

大岛上只有一座宅邸，不过很宽敞，住在里面赏心悦目，舒适宜人。这座宅子同整座岛一样，都归伯尔尼医院所有。宅子里搭了很多家禽饲养棚，还有一个大鸟舍和一个养鱼池。这座岛体量虽小，但土地风物和地形地貌却丰富多彩，养育了品种繁多的作物，呈现出各种各样的风光。岛上有农田、葡萄园、森林和果园，还有掩映着小树丛并在水流的滋养下生长出各种灌木的清新丰美的牧场；一片地势较高的台地上种着两排树木，沿着整座岛屿纵向分布，仿佛为岛屿镶了一道花边；台地中央建有一座漂亮的沙龙，每到葡萄收获的季节，沿岸的居民都会在礼拜天来到这里聚在一起跳舞。

在小城莫蒂埃经历了投石事件①之后，我被千夫所指，便来到这座岛上避难。岛上的日子让我心醉神迷，这里的生活与我的脾性无比投契，我甚至决意在岛上度过余生。有了这样的决心，我不再为任何事情感到焦虑，唯独担心人们不给我实践这一计划的机会和自由，因为他们早有打算，要将我引渡到英国去——我已经预感到了这种做法可能产生的影响。这样的预感让我紧张不安，我真希望人们将这座小岛作为永恒的监狱，将我终身囚禁于此，剥夺一切能让我逃脱的力量和希望，禁绝我同陆地之间的一切联系。那样的话，对世界上发生的事情完全一无所知的我，就可以忘记世界的存在——也让世界忘记我的存在吧。

人们只让我在岛上住了两个月。虽然岛上除了税务员夫妇和他们的仆人之外再也没有其他人与我做伴，但我真希望可以在那里生活两年，两个世纪，甚至直到永

①1765年9月6日，在小城莫蒂埃神职人员的煽动下，城中居民向卢梭家中投掷石块。之后，卢梭被迫前往比尔湖上的圣皮埃尔岛避居。

远，我绝不会有一刻觉得无聊。说实话，我身边的人都是不折不扣的好人，但也仅仅是好人而已——这正是我所需要的。这两个月是我一生中最幸福的时光，幸福到我在有生之年都不会再对另一种生活状态产生如此强烈的渴望，哪怕只是一瞬间。

那么这种幸福究竟是什么？究竟什么是它所带来的乐趣？关于我对这段岛上生活的描述，就让本世纪的所有人去猜测问题的答案好了。无所事事的珍贵时刻是种种乐趣中排在第一的，也是最主要的一种，我想要尽情品尝其中所有甜美的乐趣。我在岛居期间所做的一切，实际上都只不过是一个无事的闲人才需要的消遣。

我希望人们不要再向我提出更多的要求了，就任由我与世隔绝地住在这里吧。只有我自己与自己相处，没有外界的帮助和关注，我绝无逃脱的可能，只有借助周围人的帮助才能与外界沟通交流、互通有无——可以说这份希望让我渴望自己能够在此地和此生从未有过的宁静中度过生命最后的时光。在岛上，我觉得有充裕的时间可以慢条斯理地收拾行李，这样想的结果就是最后什么都没收拾。我来到岛上实属突然，独自一人，身无一物，后来才唤来了女管家并让人分批送来了我的书籍和小小的行装。我乐得自在，一件行李都没有拆开，那些行李箱来的时候是什么样，就一直原封不动地放在那里。我就这样在准备消磨余生的居所里安顿了下来，仿佛只是在一家旅店里歇歇脚，明天一早又要整装出发。所有的东西就那样放着，看起来非常合适，任何想要将它们整理一番的尝试都会破坏其中的感觉。最让我开心的事就是可以让我的书一直在箱子里好好待着，文具箱更是纹丝不动。每当有人来信我不得不提笔回信时，我便小声抱怨着去借税务员的文具箱，用完便忙不迭地送还回去，同时期盼着再也别有下一次了。没有了让人忧愁的等同于废纸的案牍和藏书，我在卧房里堆满了鲜花和干草；那时，我刚巧对植物学燃起了狂热的激情，是德·伊维诺瓦医生让我对这门学问产生了兴趣，没过多久便发展成了酷爱。对于再也不想为工作花心思的我而言，需要找到某种能让自己投身其中的兴趣爱好，既能让我开心，又不太劳神费力，适合懒人最好。我打算开展一个名为"岛上花"的项目，记录下岛上所有的植物品种，不遗漏任何一种，而且要有足够的细节，这会让我在接下来的日子里都有事可做。据说一位德国人为柠檬的果皮写了整整一本书，而我将要为草地中的每一种禾本植物、树林里的每一种苔藓和岩石上的每一种地衣写一本书；我不会遗漏对哪怕一根小草、一株植物最细微部分的详尽描述。在制定了这项美好的计划之后，每天早晨和大家一同用完早餐，我便拿着放大镜，夹着我那本《自然系统》去勘察岛上的某一片分区——为了执行我的计划，我将全岛仔细划分成若干小方块，打算按季节一片一片走遍所有的土地。没有什么能比我观察到植物的结构和组织，以及植物结果过程中性器官的作用模式时感到的狂喜和陶醉更加奇特非凡——植物的性器官在那时对我来说还是一个全新的系统。在那之前我对如何区别植物的分类特性一无所知，而当我在同类植物中亲眼确认了它们的共同点后，我确实为之着迷，我原本还以为自己很难领悟到其中的奥妙呢。夏枯草两条长长的雄蕊分权，荨麻和墙草的雄蕊的弹性构造，凤仙花的种子和黄杨木的蒴果弹射而出的方式，以及千百种我第一次亲眼观察到的植物开花结果的过程，这一切让我充满了喜悦。我甚至想要逢人就问他们有没有见过夏枯草的花距，就像拉·封丹逢人便问他们有没有读过哈巴谷的故事一样。两三个小时之后，我满载而归，丰富的收获足够我在下雨天于房间里自娱自乐地摆弄整整一个下午。早上剩下的时间，我会与税务员夫妇和特蕾莎一起度过，有时会去看看他们的工人和田地，我还经常动手和他们一起劳作。前来探望我的伯尔尼人常常发现我爬在大树上，腰间挂着布袋正忙着采摘果实，然后我会攀着绳子回到地面上来。早上的锻炼和好心情让午餐后的休憩变得格外美妙；如果午餐时间拖得太长，晴朗的天气又向我发出邀请，我可无法再等下去了；大家还都在席间，我便起身告退，独自一人登上小船，在风平浪静的水面上径自划到湖心。在那里，我尽情舒展身体，躺在船上，目光望向天空，就这么静静待着，任由水波载着我轻轻漂荡，有时一连几个小时我都沉浸在千百种模糊纷繁而又美丽迷人的遐想中，没有任何既定的主题，也没有前后连贯的关联性，相比于我从他人称之为生命的乐趣中能够发现的最美妙的感觉，这些任我逍遥的遐想要比其美好一百倍。有时，当太阳渐渐西沉提醒我该打道回府的时候，我发现自己已经漂荡到离岛屿很远的水面上，不得不使出全身的力气，才能在天黑之前把船划回岛上。有时候，如果不在水面上悠闲地漂游，我喜欢沿着绿意盎然的岛岸行走，清澈的水波和凉爽的绿荫常常让我忍不住要下水游泳。但我最常行进的航线还要数从大岛泛舟驶往小岛。登陆小岛之后，我便在那里消磨午后时光。有时候，我在丛生的欧鼠李草、桃叶蓼和各种各样的灌木间漫步，与世隔绝；有时候，我就在沙土丘的高处坐下来，坐在鲜花盛开、长满欧百里香的草坪上，甚至还能见到岩黄芪和苜蓿，或许是人们以前播下了种子，我才有了现在的"收获"。这样的地方非常适合兔子居住，它们可以在这里繁衍生息、安居乐业，不用害怕任何东西，也不会对任何东西造成危害。我向税务员提了这个建议，他便从纳沙泰尔弄来了几对小兔子。我与税务员夫妇、税务员的妹妹和特蕾莎一起安置了它们，让它们在小岛上住了下来。到我离开的时候，它们的数量已经开始增长了，如果能熬过凛冽的冬季，一定会发展壮大。这次小小的"移民"活动简直是一个节日。阿尔戈斯人①的向导也不会比带领大伙儿和小兔子们从大岛登上小岛的我更加自豪。而我还要特别骄傲地记下一笔，税务员的妻子一向极度怕水，一到水边就头晕恶心，但是那一次，她却安心地登上了我的航船，在整个横渡过程中没有表现出一丝惧意。

当湖面波澜起伏不适合行船的时候，我便将下午的时间都花在满岛闲逛上面。有时候我在这里摘摘花，在

①古希腊人的一支，《荷马史诗》中远航的英雄。

那里采采草；有时候我就在景色最明快也最偏僻的地方坐下来，尽情地做着白日梦；有时候我会坐在台地或沙土丘上，将湖面和沿岸美轮美奂、令人陶醉的景色尽收眼底，湖边一侧的近山仿佛给湖面戴上了一顶冠冕，另一侧则是肥沃丰美的开阔平原，举目望去，可以一直看到视线尽头微微发蓝的远山。

夜幕快要降临时，我从岛屿的高处走下来，随心所欲地走到湖边，在沙滩上坐下来，仿佛身在一处隐秘的避难所。波浪拍打沙滩的声音和湖水的波纹让我的感官沉静得宛如入定，它们能驱走我灵魂中一切其他的波动，让我沉浸在甜美的遐想里，常常等我回过神来时，才惊觉天色已经完全黑了下来。湖水涨上来又落回去，发出间歇不断、富有韵律的声响，不知疲倦地拍打着我的耳朵和眼睛，填补了梦境般的遐思让我的内心活动偃旗息鼓之后留下的空白，让我充满喜悦地感受到自己的存在，不用为思考耗费心神。时不时地，湖面的景色让我联想到世界，关于世事无常的思绪仿佛一线短暂的微光在我心头闪现。但是很快，这些微弱的印象便消失在和谐统一并令我感到轻松快慰的规律运动之中。尽管没有灵魂的主观动作，这种摇篮般的波荡也足以让我乐不

87

思蜀，以至于即使到了应该回去的时间，虽然有约定的信号提醒，我也依然得花费好些力气才能让自己从这种状态中挣脱出来。

晚餐之后，如果夜色晴朗，我们会一起到台地上散散步，呼吸来自湖面的清新空气，感受夜晚的凉爽。我们在凉亭里休息，谈笑风生，唱起古老的歌谣，跳起现代的摇摆舞步，之后欣然入睡——对结束的一天心满意足，对第二天没有更多的期望，只期待它与今天一样美好。

撇开意料之外不合时宜的拜访不谈，以上便是我在岛上居住期间的生活。那段日子有那么多吸引人的地方，它足以在我心中激起无比强烈、温情脉脉且旷日持久的遗憾和怀念之情，以至于在十五年之后，我每一次想起这处心爱的居所，都会在心中燃起冲动的渴望。

我注意到，在漫长一生的白云苍狗之间，享受最温存的喜悦和最具活力的快感的时期，往往并不是记忆中最难忘、最动人的片段。无论那些充满狂热和激情的短暂时刻是多么的活色生香，也许恰恰是因为它们的鲜活和激烈，所以它们只能是人生轨迹上零星散落的点。它们数量稀少、转瞬即逝，无法形成一种持续的状态。我所怀念的幸福绝不会由昙花一现的瞬间构成，而是一种质朴却持久的状态，这种状态本身并没有任何活力可言，但是它的持续性为之增添了魅力，以至于我最终在其中找到了无上的幸福。

世间一切都处于连续不断的流变之中。没有什么能够维持始终如一、固定不变的状态，而我们对身外之物所赋予的情感自然也会随着事物本身而发生变化。外界的事物总是超前或落后于我们本身，所以它们总是让我们回忆起已经不存在的过往，或是向我们昭示往往不会变成真实的未来——没有任何真实的存在能够成为心灵的依托。同理，在这尘世间，除了已经逝去的快乐，人们什么也没有；至于能够持久的幸福，我怀疑这种东西还从未被发现。幸福仅仅是我们最强烈的快乐中的一瞬间，只有在那一瞬间，我们的心灵会真切地让我们产生这样的想法——我真希望这一刻能够成为永恒。但是对于转瞬即逝的让我们的心灵不安且空洞并让我们怀念过往或渴望未来的状态，怎么能称之为幸福呢？

但是，在一种状态下，灵魂可以获得足够踏实的依靠，完全地放松休息，并凝聚起自己全部的生命气息，不必回忆过去，也不用跳跃到未来；在这种状态下，时间对于灵魂没有任何意义，此时此刻就是持续的永恒，既不会让人感觉到时间的存在，也没有任何时刻接续更替的痕迹。既没有失去，也没有享受；既没有快感，也没有痛苦；既没有欲望，也没有恐惧，除了我们自身的存在之外，什么也感觉不到，只有这种感觉能够将灵魂完全填满。只要这种状态持续下去，身处其中的人就可以说自己是幸福的。不是那种不完满的、贫瘠可怜的、在生活的享受中获得的相对的幸福，而是充分的、完美的、圆满的幸福，且不会在灵魂中留下任何有待填满的空白。这就是我在圣皮埃尔岛的孤独遐想中经常达到的状态——或是躺在小船里随波漂荡，或是坐在波浪翻腾的湖边静思，或是在其他地方，在美丽的小河边冥思，抑或是在砾石河床上汩汩奔流的溪水旁遐想。

　　在这样一种境地中，会有怎样的愉悦享受？没有任何与自己无关的外物，除了我们自身的存在之外，什么都没有。只要这种状态持续下去，人就是自己的神明。摆脱了所有情感的牵挂和羁绊，感受到自己的存在，这种感觉本身就是一种令人满足而平和的可贵情绪，其本身就足以让那些懂得摒弃一切不断让我们分心、搅扰我们在人世间美好生活的尘世杂念的人们收获珍贵而甜美的存在。但大多数人还是不断因为激情的冲动而分心，对这种状态几乎一无所知，仅仅在某些瞬间不完全地品尝过个中滋味，对它只有模糊而混乱的概念，无缘感受它真正的魅力。不过，在现如今这个世道，如果人们醉心于那种令人心醉神迷的温存，因而厌倦不断产生种种欲求并要求他们背负各项义务的现实生活，似乎并不是一件好事。但对于一个被人类社会所排挤，在尘世间于人于己都再也派不上什么用场的可怜人来说，他却可以在这种状态下获得应有尽有的人间美满，以此补偿自己的不幸。这种美满是命运和人群都无法剥夺的。

诚然，不是所有灵魂都能体验到这种补偿，也不是在所有处境中都能感受到这份补偿。它需要一颗不受任何激情搅扰的宁静之心，需要感受它的人做好准备，需要天时地利。既不能绝对静止，也不能太过动荡，而是要达到一种中庸温和的节奏，没有摇摆，也没有间断。没有情绪波动的生命只不过是瘫痪的昏睡。如果情绪不平衡或太过剧烈，便会惊扰生命的安宁。如果我们放不下周围的外物，则会破坏遐想的魅力，那样一来我们会忘记自己的本心，陷入命运和他人的倾轧，再次感受到自己的不幸和痛苦。同时，绝对的静默则会让人悲伤，会让我们想起死亡的凋敝景象。因此，我们需要迷人的想象力，这种想象力会自然而然地出现在受到上天恩赐的人身上。情绪如果不是来自身外，那就只能来自我们本身。诚然，情绪波动让心灵不再那么宁静，但是当轻飘飘的美好念头只是在心头点到即止，并不会在灵魂深处掀起波澜的时候，浅尝辄止的体验反而更加令人愉悦。这足以让我们记住自我，同时忘记所遭受的苦痛。只要我们能安静下来，随时随地都可以品味这样的遐想。我经常想，即使在巴士底狱，在视线所及之处没有任何物件的单人囚室，我也还是可以心无旁骛地悠然遐想。

但是，我必须要承认，还是在一座丰美而偏僻的岛屿上展开遐想会更美好、更舒适。这里得天独厚、与世隔绝，一切在我眼中都是欢快的景色，没有任何东西会令我回忆起悲伤，寥寥数位居民构成的小社会非常融洽和谐。在岛上，我终于可以将一整天的时间毫无阻碍、毫无顾忌地花在我感兴趣的事物上，或者只是随心所欲地无所事事。毫无疑问，对于一位懂得在最令人不快的事物包围之中用甜美的梦境画饼充饥、聊作慰藉的梦行者而言，这是一次美妙的机会，终于可以由着自己的性子心满意足地去接触一切真正触动感官的事物了。从一段悠长而美好的遐想中回过神来，我发现自己身处如茵绿草和鸟语花香之中，举目望去，富有浪漫气息的湖岸和波光粼粼的清澈湖面尽收眼底，所有这些可爱的景象仿佛是我幻想中的风景。终于，我一步一步地将精神聚焦到自身和我周围的事物上面来，我发现自己已经分不清杜撰与现实的临界点究竟在何处；所有的一切都在助我一臂之力，让我珍惜在这段美好时光中度过的集中心思冥想的孤独生活。这种生活还会再次出现吗？我可不可以就在这座可爱的岛屿上度过此生，永远不再离开，永远不再看见任何一位来自陆地的住民，永远不再回忆起多年来陆地上的人们让我承受的各种折磨苦痛呢？他们很快就会被我永远遗忘；或许他们不会忘记我，不过既然他们再也没有任何渠道可以扰乱我的休憩，忘不忘记与我又有什么关系呢？我的灵魂从喧嚣的社会生活所制造的尘世欢愉中解脱出来，频频冲向天际，提前与苍穹之上拥有灵智的造物相遇，希望能够在不远的将来成为他们中的一分子。我明白，人们不会那么好心拱手给我这么一处美好的庇护所，他们不愿意就这样放过我。但他们再怎么做，都不能阻止我在每一天乘着想象的翅膀，抵达心中的岛屿，在那里度过几个小时，再次品味其中的愉悦，仿佛我还住在岛上一样。我在岛上做过的最美好的事情，就是随心所欲地遐想。那么，幻想着自己还在岛上，难道效果不是一样的吗？甚至还要更好——在抽象单调的遐想中，我加入了想象中的迷人图景，使之有了生机和活力。在我的心醉神迷中，我的感官经常对那些具体的对象视而不见，现在，我的遐想越深刻，它们就越是富有鲜活的色彩。我经常感到自己身处其中，甚至比我真正身处其中时还要愉快。不幸的是，随着想象力日渐失色，这样的遐想越来越费力，持续的时间也不再那么长久了。可叹啊，人在快要告别肉体的时候，反而最为肉体所束缚！

六　善行

　　如果懂得如何一探究竟，就会发现我们各种行为绝非无缘无故不由自主产生的。昨天，我沿着一条新的大街走到让蒂伊的比弗尔河畔。我去河边采集植物，在靠近昂菲尔栅门的地方绕道走了一条右转弯的路。随后我偏离道路走进了田野，然后走上了枫丹白露大道，一直抵达小河沿岸的一片高地。这段行程本身没什么稀奇，但是想到自己已经好几次无意识地走过了同一条路线，我便开始思考自己这么做的原因，而当我想清楚其中缘由之后，不禁笑了出来。

　　在昂菲尔栅门外的大街上，每天都有一个女人在街角卖水果、草药茶和小面包。她带着一个乖巧但是瘸腿的小男孩，孩子一瘸一拐地拄着拐杖跑来跑去，诚心诚意地向过往的行人请求施舍。我和这个小家伙从某种程度上说也算相识：每当我经过的时候，他从来不会忘记对我说上几句奉承话，也总是能从我这里得到一笔小小馈赠。最初几次，我很高兴看见他，也很愿意给他施舍；此后的一段时间里我也依然愿意这么做，甚至有意鼓动他叽叽喳喳地说些好听话，我听着心里也很受用。这种快乐慢慢成了一种习惯，然后不知为何变成了一种义务，很快便让我觉得不舒服，尤其是他一定要我听他说完那一套事先准备好的、滔滔不绝的空话。而且他总是喊我卢梭先生，显得似乎与我很熟悉的样子，然而给我的感觉却恰恰相反——他对我的了解除了别人教会他说的那一套之外再无他物。从那以后，我就不太愿意从那条路经过了，后来终于无意识地养成了习惯，每当走近那个路口时总是绕道而行。

这是我在思索之后才发现的问题，因为以上种种在此之前从来没有主动在我脑海中浮现过。这一发现随后又让我回忆起了无数类似的事件，让我确信在我大部分的行为中，最初的动机其实并不像我长期以来一直认为的那样清楚明白。我不仅心里明白，而且也切身感受到，行善是人类心灵能够品尝到的最为真切的幸福；不过，这种幸福在很久之前就已经不在我的掌控之中了，在如我这般境遇悲惨的人生中，是无法奢望做出哪怕一件出自好心也能成就善果的好事了。掌控我命运的人们最希望看到的，就是一切对我来说只是虚伪而充满欺骗性的表象，任何道德高尚的动机都只是抛给我的诱饵，好将我引入早已布下天罗地网只等我上钩的陷阱。我对此了然于心。我知道在我能力范围之内唯一能做的好事，就是克制自己并放弃行动的企图——我担心自己在无意识的状态下和自己浑然不觉的情况下做出坏事。

不过也有幸福的时候：当我顺从内心的情感，能够让另一颗心灵感到快乐满足的时刻。每当品尝到这种愉悦感的时候，觉得它比其他一切快乐都更加甜美。我行善的倾向强烈，真挚，纯洁；在我最为隐秘的内心深处从来没有否认过这一点。然而过去的经历让我体会到，在我主动行善之后，随之而来的便是义务的锁链，让我不堪重负——快乐消失了，在继续付出的过程中，我再也找不到当初令我着迷的那种付出关怀的满足感了，只剩下无法忍受的烦恼。在我短暂的繁荣时期，很多人曾向我寻求帮助，在我力所能及的范围之内，我从未拒绝过他们的任何要求。可是，从最初发自内心的善举之中产生了前赴后继的义务锁链，这完全出乎我的意料，我没有办法摆脱它的桎梏。我最初给予别人的帮助在受惠者的眼中只不过是一点甜头罢了，此后理所应当还有更大的好处；而当某些不幸的人接受了我的善意，之后又要向我提出更多要求的时候，事情就变得骑虎难下了。最初出于自由意志的善行，就这样变成了对需要更多帮助的人所尽的没完没了的义务，即使我无能为力，也不能因此免除这项义务。这样一来，原本无比美好的快乐，后来却变成了让我难以承受的束缚。

当我还默默无闻、不为公众所知的时候，这些锁链还并不显得十分沉重。可是后来，我的写作引起了人们对我的注意——这显然是个严重的失误，我为之付出了十分沉重的代价——从那时起我便成了所有不幸之人（或所谓的不幸之人）和所有寻找猎物的投机分子的求助对象，他们全都打着对我无比信任并委以重托的旗号，其实只是想要以这样或者那样的方式利用我，从我这里夺走某些东西。就这样，我终于意识到，天性中的所有习性和取向，包括善心在内，如果未加谨慎考虑和审慎斟酌就任其在社会之中发展，那么其本质便会发生变化，往往是起初有多么有用，后来就会变得多么有害。就这样，数不胜数的残酷经历逐渐改变了我最初的想法，或者说将这些想法限制在了一定的范围之内。这些经历让我明白，如果善念只能助长别人的恶意，那么宁可不要顺从自己行善的愿望。

但我对这些经历丝毫没有后悔之意，因为正是它们为我提供了思考的契机，让我对自己和自己在各种场合下所采取的行为的真正动机有了新的认识，而过去我还常常在这个问题上自欺欺人。我意识到，要想愉快地做一件善事，这件事必须出自我的自由意志，不受任何束缚或限制；只要一件善行成为义务，便足以让它失去全部乐趣。也就是说，责任的分量会让最甜美的享受都变得沉重不堪。就像我在《爱弥儿》中所写的那样，按照我的想法，如果我生活在土耳其人当中，在公众高声呼唤男人们履行作为丈夫的义务的时刻，我一定会是个最差劲的丈夫。

这在很大程度上改变了长期以来我对自身品德的看法。顺从自己的习性行事并在习性的驱使下享受行善的快乐，这其中并无任何道德可言。但在义务的驱使下，为了完成要求而违逆自身的天性时，这就涉及道德问题了。正是在这一点上，我做得没有世人那么好。我生来敏感而善良，心怀悲悯简直到了软弱的地步，任何与慷慨慈悲相关的事物都会让我的灵魂激动不已。我有人情味、乐善好施、乐于助人，这是我的天性，甚至可以说是我的爱好——只要这一切仅仅停留在心灵层面上。如果我能够成为最强大的人，我一定也会成为人类最优秀、最宽厚的一员；要想熄灭我心中复仇的火焰，只需让我意识到自己拥有复仇的能力就够了。我甚至可以无私、公平地处理涉及自身利益的事项，但是对于我所珍视的人的利益，我却无法做到同样的不偏不倚。当义务和本心产生矛盾时，除非义务要求我做的仅仅是放弃自己的权利，否则义务很少能获得胜利。所以在大部分时候，我都是强大的，但是要我去做违背本心的事，永远都不可能。不管提出这要求的是他人、义务本身还是迫不得已的事件，只要我的心灵缄口不言，我的意志也会随之不动声色，决不会屈服。我能看到灾祸在我面前展开威胁，我宁愿任由它来伤害我，也不愿大费周折去预防准备。有时，我会努力让自己开始尝试去改变，但这样的努力让我感到疲倦，很快便精疲力竭，无法再继续下去。在所有想象力之所及的事物当中，不能给我带来愉悦感的事，很快就不可能再做下去了。

不仅如此。如果我的欲望受到了束缚和限制，很快就会减退，如果这种束缚和限制过于强烈的话，甚至会将欲望转变为反感乃至憎恶。这就是为什么他人要求我去做的善事会让我如此痛苦——即使他们不提出要求我也还是会去做。一件纯粹的不求回报的善举当然是我乐意去做的事。但是，如果受惠者以此作为凭证要求我继续行善，否则便可能对我产生恨意的话；如果我起初只是因为自己乐意而做了一次好事，受惠者却借此规定我必须永远这样做的话——行善的愉悦感便会消失不见，取而代之的只有厌倦。当我做出让步时，从中看不出任何善心，我的所作所为只是软弱和羞耻的体现。我可不会因为做了这样的好事而为自己鼓掌叫好，相反，只会因为自己做了违心的事而谴责自己。

我明白，在施惠者和受惠者之间存在某种契约关系，甚至是所有契约中最神圣的一种。双方彼此之间形成了一种社会关系，比所有人都联系在一起的社会关系更加紧密。如果说这种关系默认受惠者有表达感激的义务，那么施惠者便同样有义务保持对受惠者的善意——只要对方没有让自己变得配不上这种意愿——同时还有义务在每一次被要求且力所能及的时候重复相应的善举。这并不是明文规定的条件，而是双方心照不宣的自然产物。第一次拒绝向对方提供无偿的帮助，并不等于被拒绝的人就拥有了抱怨的权利；在类似的情形下，拒绝向同一个人再次施舍同等的恩惠，却会打破之前让对方抱有的希望——他辜负了一份因他的所作所为而产生的期待。不知道为什么，人们总觉得这样的拒绝比前一种更加不公平、更加残酷；然而这样的拒绝也同样是心灵所热爱的独立自主的产物，这种独立自主是心灵最难以抗拒的诱惑。当我清偿一笔债务，是在履行一项义务；当我给出一笔馈赠，则是在让自己开心。如果说义务也能够带来快乐，那么只有树立品德且习惯成自然之后才可以享受这种快乐——天性在我们身上产生的条件反射式的效果无法上升到如此崇高的境界。

在如此之多的悲惨经历之后，我终于学会了趁早预计自己最初的行为会产生怎样的后果，于是便会经常放弃一件我有意愿并且有能力去做的好事——一想到如果自己不假思索地投身其中，随后将要承受怎样的负担，我便心惊胆战。我并不总是能够感觉到这种忧惧，相反，在我年轻时，我很在意自己的善举，而且我还时常注意到，我帮助过的那些人对我的感情更多的是发自内心的感激而不会转化成实际的利益回报。但是，自从不幸降临，这种情况也和其他一切事物一样发生了改变。

从那时起，我生活在与之前截然不同的一代人中间，我发现人们对我的感情发生了变化，这让我对他们的感情也不得不做出改变。在这完全不同的两代人中，我所看见的还是同一群人，他们相互融合，彼此同化。起初真实而坦诚的他们变成了现在的样子，变得和其他所有人一样；只此一点便可看出，时代变了，人也就变了。唉！当我发现自己在他们身上看到的一切与当初截然相反时，怎么可能还对他们怀有与过去一样的情感呢？我一点也不恨他们，因为我不会恨；但我无法阻止自己对他们产生轻蔑之情，他们只配得上我的轻蔑，同时我也无法克制自己不表现出这一轻蔑。

　　或许在不经意间，我自身的改变已经超出了应有的限度。具有何种天性的人能够在我这样的处境中独善其身、始终不渝呢？二十年的人生经验让我确信，天性赋予我的能够带来幸福的禀赋，都已被我的遭遇和改变我际遇的人们变成了对我自己或他人的损害。每当别人对我施以善举，我无法不将其看作是他人为我布设的陷阱，无法不怀疑其中是否暗藏着某种恶意。我明白，无论结果如何，我的出发点都是无可厚非的。是的，善行的功德毫无疑问是始终存在的，但其中内在的魅力却再也没有了，而一旦缺失了这种刺激，我能感受到的便只有发自内心的漠然和冷淡了。我确信自己做不成一件真正有用的事情，只会让别人的希望落空，这样一来，因自尊而生的愤慨和因理性而生的否定交织在一起，在我身上引发的情绪只有厌恶和抵触，尽管在自然的状态下，我原本会对行善充满活力和热情。

有些逆境会让灵魂升华并让其变得越发强大，但有的逆境会将灵魂打垮并杀死——我身陷其中的就是后一种逆境。在我的处境中，但凡有一丁点不好的诱因，它都会发酵到过分的地步。这原本会让我陷入疯狂，但事实上只是让我变得毫无价值。我做不了对自己和别人有用的事，于是只好放弃行动；对于这样的状态，如果一定要说它无辜，那也只是因为它实属被逼无奈。这种状态让我发现，完全顺从于自己的天性且不给自己横加任何非难，这其中自有美妙之处。或许我有些矫枉过正——我回避所有行动的机会，甚至对有百利而无一害的机会也唯恐避之不及。但我能够确定的是，人们绝不会轻易让我看到事物的真相，我不能凭借人们赋予事物的表象做出判断。无论他们用什么东西遮掩真实的行为动机，只要让我窥见了其中的动机，我就可以拆穿其中的骗局。

　　天命似乎在我童年时就布下了第一道陷阱，我在之后很长一段时间里也很容易栽进各种各样的陷阱。我生来就比一般人更容易相信别人，在过去的整整四十年中，这种信任从来没有受到过欺骗。可是突然之间，我陷入了另一种人情世故之中，中了成百上千个圈套，却没有丝毫察觉，二十年的经历勉强让我看清楚了自己的命运。别人对我一本正经地表达慷慨的情感只不过是谎言和伪善的逢场作戏，一旦对这一点确信无疑，我便很快走向了另一个极端。因为一旦我们跳脱出天性的束缚，就再也没有什么能够阻拦我们了。从那时起，我开始对人们感到厌恶，在相互厌恶这一点上，我和他们倒算得上志同道合，厌恶更能让我对他们敬而远之。

　　他们是在白费力气——这种厌恶永远不会发展成憎恨。他们对我纠缠不休，是为了让我也依赖他们——每每想起他们有这样的想法，我真是很可怜他们。如果我还算不上不幸，那他们才是真正不幸的人。每当我反省的时候，总是对他们心生怜悯。之所以有这样的看法，或许其中也有傲慢的因素——我自己高高在上，觉得他们还不配让我恨。我对他们至多也就是轻蔑和鄙视，永远达不到痛恨的程度。话说回来，我太爱自己，以至于无法去恨任何人或任何事——恨会局限我的存在，而我更希望将自己的生命扩展到无垠宇宙。

我更愿意躲开众人而不是去恨他们。他们的面貌给我的感官造成了强烈的冲击，又在我心里激起波澜，千百道残酷的目光让我痛苦不堪；当他们消失不见时，我不舒服的感觉也就立刻停止了。不管我愿不愿意，我都要与人相处。我是与出现在我眼前的现实存在的人打交道，但永远不会在记忆中与他们有交集。在我看不见他们的时候，他们对我来说就好像完全不存在一样。

即使在与我有关的事情上，他们对我来说也是无足轻重的；他们之间的关系倒激起了我的几分兴趣，就像看戏中人物登场一样让我有所触动。必须让我的道德化为乌有，才能让我对公正毫不在意。恶毒的、不公正的言行依然会让我义愤填膺；不夸夸其谈也不装腔作势的高尚行为始终都使我喜不自胜，甚至令我热泪盈眶。但前提条件是，我必须从自己的角度去观察和评判；在我亲身经历了一些事情之后，除非我疯了，否则我再也不会在任何一件事上听信众人的判断，也不会再听凭他人一面之词就相信任何事情。如果我的面貌特点同我的性格和天性一样完全不为世人所知，那么我就可以毫不费力地与他们生活在一起；他们的社交甚至能让我感到愉快——我对他们来说是一位纯粹的局外人。如果我能不受拘束地自由抒发我与生俱来的情感，如果他们永远不来烦扰我的话，我或许还会喜欢他们。我将会向他们施以普世的、毫无私心的善意——我永远不会对任何个体心生眷恋，不会肩负起任何义务的枷锁。我将会自由自在地为众人和我自己做很多事情——所有那些受到种种法则的限制、受到自负的驱使并花费了很多精力去做的事。

倘若我始终自由自在、默默无闻、与世隔绝，那么我一定会是一个只做好事的人，因为我心中没有任何害人的种子。如果我能够像神明一样隐身且无所不能，那么我也会像神明一样慈悲而善良。力量和自由成就了优秀的人，软弱和奴性永远只能造出恶毒的人。假如我能拥有裘格斯的指环①，它将让我不再受到世人的限制，

①柏拉图在《理想国》中记述：一位名叫裘格斯的牧羊人偶然发现了一枚指环，戴上指环即可获得隐身的魔力。

并让世人全部处于我的掌控之中。当我畅想各种完全不可能实现的计划时，我经常琢磨该怎样发挥这枚指环的作用，人的权力越大，就越有可能禁不住诱惑而滥用指环的力量。如果能够主宰自己的欲望，不受任何人的欺骗，我还能再渴望什么呢？只有一件事——所有的心灵都喜悦满足。看到众人都幸福是唯一能够在我心中触发永恒情感的场景，而为实现这一目标出一份力的热切愿望也是我始终不渝的激情所在。那样的话，我将始终公正、不偏不倚，始终善良而不软弱。我将保护自己免受盲目怀疑和深仇大恨的侵扰；当我能够看到人们的原本面貌并轻松读出他们内心深处的想法时，我发现他们心中几乎没有值得我眷恋的东西，也没有太多能引发我痛恨的丑陋的东西；即便是他们的恶毒也只是让我对他们萌生了怜悯之情，因为我深知，在萌生害人之心的同时，他们也必然对自己造成了伤害。在我高兴的时候，或许我会像孩子一样创造几个奇迹——与我自己的利害完全无关，我所尊奉的法则唯有天性，对于朴实无华的正义行为，我将会赋予它无比的仁慈和公正。作为天意的执行者，作为行使自己的力量去传播神圣法度的人，我将会创造出比《黄金传奇》和圣梅达尔的墓前神迹更智慧、更有用的奇迹。

只有在这件事上，隐身去四处游荡的能力对我才构成难以抵御的诱惑，而一旦步入歧途，我将无法自拔。炫耀自己丝毫不为这种便利所动，或者标榜理性是如何让我在致命的道路上悬崖勒马，其实都是对自然和自身缺乏正确认识的表现。在其他任何问题上，我对自己都极有信心，唯独败在了这一点。能力高于常人的人同样需要克服人性中的弱点，否则强大的力量只会让他低人一等，甚至低于他原本应有的位置。

充分考虑了一切因素之后，我决定趁我还没来得及做出任何蠢事之前，将神奇的指环丢掉。人们固执地将我看成不真实的我，我的面貌会激起他们对我的不公正态度。为了让他们眼不见心不烦，我必须与他们保持距离，但我并不是要从他们中间悄悄地消失；相反，是他们应该回避，在我面前收起他们的伎俩，避开朗朗天光，像鼹鼠一样钻进深暗的地底。如果他们还能看见我的话，那最好不过了，但这对他们而言是不可能的——他们看见的我永远是他们印象中的那个让-雅克，那个人由他们一手造就，他们还在那个人身上尽情发泄仇恨。这样说来，我真不该为他们看待我的方式而感到痛苦不安——我对此并不负有任何实质上的责任，因为他们眼中所看见的那个人其实根本就不是我。

　　从上述种种思考中，我得出的结论是：我从来就不适合文明社会，那里都是烦恼、责任和义务，而特立独行的天性始终让我无法承受生活在众人之中需要承担的种种束缚和限制。只要我凭自己的心意行事，我就是善良的，而且只会做好事；一旦我感觉到约束，不管是出于形势所迫还是来自人群的束缚，我就会变得叛逆，或者不如说是倔强，于是也就变得毫无价值了。如果需要做出与我的意愿相违背的事情，我决不会做，不论后果如何；我也不会坚持己见去做符合自己意愿的事，因为我软弱。这种时候我什么都不做，因为我在行动上完全是懦弱的，我的所有力量都无法发挥积极的作用，我所有的罪孽都是因为不作为，而不是因为做坏事。我从来不认为人的自由在于想做什么就做什么，而是在于想不做什么就不做什么。这才是我所谓的自由，是我始终不渝的追求，也是我时常能够维持的状态。我正是因此遭到了同时代人最猛烈的抨击。他们活跃、躁动、野心勃勃、厌恶他人的自由，只要他们能够按自己的意愿行事，或者说能够主宰他人的意愿，他们就很满足了。他们终其一生都在做着令自己厌恶反感的事，即使他们有时发号施令也无法改变身受奴役的现实。这样说来，他们的错误并不在于将我当作毫无用处的社会成员，而是错在将我当作一个有害分子从社会中流放出去——我承认，我几乎没做过什么好事，但是说到做坏事，在我的思想和生活中，我怀疑这世界上没有任何人能比我做得更少了。

七 植物

我对自己漫长梦境的记录才刚刚开始，就觉得似乎
已经接近尾声了。随后而来的是另一项消遣，让我沉
湎其中，甚至剥夺了我做梦的时间。我怀着一种近乎
荒唐的迷恋之情全身心地投入其中，这样的荒唐连我自
己想起来都忍不住要笑。不过荒唐归荒唐，我的劲头并
未就此打消，因为在我如今的处境之中，除了无所顾忌
地由着自己的性子之外，我再也无需遵循任何其他行为
准则。对于自己的遭遇，我已没有回天之力，我知道自
己是无辜的，任何来自人类的评判对我而言都已经毫无
意义了。在我力所能及的范围之内，对一切事物采取让
自己感到愉悦的做法，这正是智慧本身对我的要求。无
论是面对公众还是在我自己内心深处，随性而为便是我
唯一的原则，反正我也只剩下这么一点微薄之力了。干
草是我全部的食粮，研究植物是我全部的消遣。当我在
瑞士跟随德·伊维诺瓦医生第一次进入这个领域时，我
已经是一位老年人了。在旅行中我有幸收集了许多种植

物，关于植物王国，我积累的知识还算说得过去。后来我来到巴黎时，年岁已六十有余，我总是待在家里，不爱出门，渐渐便没有精力再去大张旗鼓地采集植物标本了；更何况那时我还完全沉醉在音乐创作中，无心顾及其他爱好，于是便放弃了植物学这门对我来说已不是必需的学科；我卖掉了自己的植物图集和藏书，偶尔在巴黎周边散步时，如果能再次看到各种常见植物，我就已经心满意足了。在这段时间里，我原本就不多的知识储备几乎从记忆中消散殆尽，遗忘比记忆的速度要快得多。

倏忽之间，我便过了六十五岁，记忆逐渐减退，无法再奔走乡间，在没有向导、没有书籍、没有花园、没有植物图集的情况下，我对植物学的热情突然之间又死灰复燃，而且比第一次投身其中时更加狂热，更加充满激情。我开始认真严肃地研习穆瑞①的《植物王国》，并打算施行一项了解世界上所有已知植物的宏伟计划。由于已经无法再买回之前的植物学书籍，我只好誊抄从别人那里借来的书本。我下定决心重建一部内容更加

①瑞典植物学家。

丰富的植物图集，还打算在其中收录海洋和阿尔卑斯山脉中的所有植物，以及印度的所有植物。不过，我还是先从比较容易的龙吐珠、细叶芹、琉璃苣和千里光开始吧。我熟练地从我的鸟舍上采集植物标本，每发现一缕新的草叶，我都心满意足地想：看哪，又是一种新的植物。

我没有思考过自己重拾这项狂热爱好是出于什么样的动机；我觉得此事合情合理，因为我相信就我自身的情况而言，忘情于让自己愉悦的消遣是一项非常明智的举措，甚至可以说是我高尚品质的体现——这种方式可以避免心中滋长复仇的种子。要想在已成定局的境遇中给自己增添一些乐趣，必须在内心深处彻底摒弃一切愤怒的冲动。这就是我报复迫害我的人的方式。除了让自己过得幸福之外，我不知道还有什么样的复仇方式能比这样更加痛快。

是的，毫无疑问，理智允许我甚至要求我投身于任何吸引我的事物中，没有什么能够阻止我；理性并没有告诉我之前我为什么会被这种研究所吸引，也没有告诉我一项没有利益、没有新发现的徒劳研究有什么好处，更没有告诉我重拾青年时代的爱好并做起小学生的功课有什么好处，尤其是对我这么一个落伍、迟钝、没本领、记性不好的老朽。我希望弄明白这件怪事的来龙去脉，似乎只要想清楚其中原委就能让我获得对自我的全新认识。为了认识自我，我愿意牺牲最后的乐趣。

有时我会进行深刻的思考，但很少能从中获得乐趣，思考几乎总是与我的本心相违背，仿佛是受外力所迫。遐想让我放松愉快，思考却让我疲惫感伤。对我而言，思考始终是一项痛苦而无趣的活动。有时候，遐想会以沉思作为终结；更多的时候，沉思到最后便陷入了遐想，在漫无目的的思绪中，我的心神自由飘荡，乘着想象的翅膀在宇宙中漫游，那令人陶醉的快乐会凌驾于其他一切享受之上。

当我品尝到这种纯粹的快乐时，其他所有的乐趣都变得索然无味。不过，自从我在外力的推动下走上文学创作的道路之后，我便体会到了脑力劳动的辛苦和恶名在外的负担，同时也感觉自己甜美的遐想正在逐渐失去原有的色彩。很快我便不得不违抗自己的本意去对付眼下的处境，我几乎再也无法找回过去五十年中曾为我带来财富和荣耀的美妙状态了，那时我付出的唯一代价是时间，而我却在无所事事中成为了所有凡人中最幸福的一位。

即使在遐想中，我也害怕自己的想象力在受到种种不幸遭遇的惊吓之后终将走上歪路，担心持续不断的痛苦会逐渐钳制我的心灵，让我最终不堪重负。在这种状态下，一种与生俱来的本能让我逃避了所有会让想象力黯然失色的伤感想法。当我将注意力聚焦在周围的事物上，我第一次看到了大自然的精彩纷呈，也看到了自然世界里那些纤毫毕现的细节，而在那之前我从来都没有好好关注过那些细节，一直只是将自然万物作为整体来看待。

树木、灌木和草木是大地的衣装。没有什么比寸草不生、只有漫天沙土的大地更令人悲伤了。一旦有了植物便能焕发生机，在潺潺流水和啁啾鸟鸣中，大地仿佛披上了新婚的华服，为人类展现出一幅大自然三界①和谐共鸣的图景，这幅图景充满生机、趣味和魅力，是世

①指动物、植物和矿物。

界上唯一永远不会让眼睛和心灵感到疲乏的景致。

观景者的灵魂越是敏感，就越会为这份和谐所引发的情感所陶醉。温柔而深刻的遐想会占据他的感官，他会怀着一份欣然的醉意迷失在美好的广袤天地之中，体验到一种自我认同感。这样一来，所有个体都从他眼中消失了；他眼中所见、心中所感受到的都是整体。要想让他从局部观察他所尽情拥抱的寰宇，除非有特殊条件限制住他的思想和想象力才行。

苦闷忧伤让我的心灵倍感压抑，让它更靠近、更关注周围事物所引发的情感活动，我只能在心灵日渐衰弱的过程中守护那份随时可能云消雾散、灰飞烟灭的残存的热情，而以上种种遐思就是在这样的状态下自然而然产生的。我漫无目的地在森林和山间游荡，不敢动脑筋思考，生怕触动愁肠。我的想象力抵触与痛苦有关的对象，让我的感官沉浸于周围事物所产生的轻快美好的印象之中。我在这些事物间走马观花，目不暇接，在如此丰富的选择中，不可能找不到足以吸引我的目光和让我久久驻足不肯挪动的事物。

我喜欢上了这种视觉享受，它让我的精神在逆境中感到轻松愉快，它排解我的忧愁，暂时缓解了我的苦痛感受。大自然中的事物对排忧解闷非常有帮助，让散心这一活动平添了几分诱惑力。馥郁的气味、鲜活的色彩和优雅的外形，似乎都争先恐后地吸引我的注意力。要想醉心于如此美好的景色，只需一颗懂得感受愉悦的心。如果说并不是所有看见自然景象的人都会有如此深刻的体验，那是因为其中一部分人天生不够敏感，而更多一部分人则是杂念太多，只会偷偷地关注那些给他们带来感官触动的事物。

　　还有一种情况，也会让有品位的人忽略对植物王国的关注，那就是仅仅将植物当作炮制药物和药剂的原料。泰奥弗拉斯托斯[①]就不这么想，我们可以认为这位哲学家是古希腊时代唯一的植物学家，不过他在我们的时代几乎完全不为人所知；后来，拜伟大的药方辑录者迪奥科里斯及其作品的注释者所赐，医学操纵了植物，

①古希腊哲学家、科学家，亚里士多德的弟子，并与亚里士多德共同创建了哲学逍遥学派的吕克昂学院。其著作《植物志》和《植物之生成》成为植物学历史上的权威作品。十八世纪，分类学家林奈将泰奥弗拉斯托斯誉为"植物学之父"。

将它们变成了药方里的药材。人们仅仅将植物当作药材来看待，再也看不到植物的其他价值了，可以说人们赋予植物的价值仅仅是其真正价值的三分之一或四分之一。人们并不知道植物的组织结构本身也很值得研究，那些终身致力于钻研贝壳标本的饱学之士嘲笑植物学是一门无用的学问。他们认为如果不去研究植物的药用价值，植物学便一无是处。也就是说，在他们眼中，植物学就应该放弃观察大自然而只相信人类权威的话——大自然从不说谎但也不会轻易向人们传授知识，人类权威反而才是谎言的缔造者，他们信誓旦旦地要别人相信他们的话，然而他们的言论往往也是建立在其他所谓权威基础上的道听途说。

当你在一片繁花点缀的草原上驻足，当你仔细分辨星星点点的花朵时，无知的人会把你当作满腹都是无用知识的见习修士，向你咨询有哪些草药可以治疗儿童的皮疹、大人的疥疮或者马的鼻疽。在其他一些国家，这种令人厌恶的偏见已经被破除了。在英国，林奈在一定程度上将植物学从医学院中解放出来，将其纳入了自然历史和经济应用的范畴；在法国，这门学科在上流社会中的普及程度较低，人们的观念还停留在相当不开化的阶段，以至于当一位来自巴黎的有识之士在伦敦看到一座栽植了各种罕见树木和草植的植物园时，竟然大发感慨地称赞道："好一座草药园啊！"如此说来，世界上的第一位药剂师应该是亚当，因为我们想不出植物品类比伊甸园更丰富齐全的花园了。

医学理念当然不会让植物学研究显得轻松愉快，只会让草场的色泽和花朵的鲜妍变得黯然，让小树林的清凉无影无踪，让光影斑驳的绿意变得死气沉沉、令人厌恶；只想把植物放进研钵里舂碎的人，对所有这一切迷人而优雅的景致都没有太多兴趣，他们不会试图用灌肠的草药编织牧羊人的花冠。

不过药剂学丝毫没有玷污我脑海中充满田园诗意的图景；没有什么能比草药汤茶和膏药离我更遥远的了。近距离观察田野、果园、森林和其中栖息的众多居民时，我时常觉得植物王国仿佛就是大自然赐予人类和动物的食品杂货店，但我从未想过要在食品店里寻找药剂和药方。在植物王国的诸多造物中，我没有发现任何可以充当药物的东西；如果大自然确实为我们准备好了药物，那也一定会像为我们提供食物那样轻松自然。在我的观念中，甚至连脑中想到高烧、结石、痛风和老年病等病症，都觉得是在缩减漫步树丛的乐趣。在这里，我不打算对人们赋予植物的各种药用价值多做评论，我想说的是，假设这些药用价值确实存在，那纯粹是在纵容病人继续病下去，因为在人类的诸多疾病之中，没有一种病是用二十多种草药就能够彻底根治的。

现实的物质利益驱使人们到处寻求保养身体或治疗疾病的方法，而在身体健康的时候，人们对大自然漠不关心，但我从未有过这样的想法。在这一点上，我与其他人完全相反：所有来自身体需求的感受都会让我感到悲伤或扫兴，我从来都是只有在完全忽略身体需求的情况下才能真正获得精神上的愉悦享受。因此，尽管我可能会相信医学，尽管药方可能奏效，但我只有在纯粹而不牵扯自身利害的沉思冥想中才能专注于心灵的快乐，如果我感觉到灵魂仍然受到身体的种种束缚，便无法在大自然中尽情遨游。虽然对医学从来没有太多信心，但我对医生还是信任的，我尊敬并喜爱他们，愿意将自己的病体全权托付给他们处置。十五年的亲身经历让我学会了很多，但是现在，我只遵从大自然的法则，我在大自然中又恢复了最初的健康。医生们在我身上再也找不到可以治疗的疾病了，所以他们对我心怀仇恨，又有什么值得惊讶的呢？我自己就是一个可以证明医学无效、治疗无用的活生生的例子。

不，没有任何与我身体相关的事物能够真正搅扰我的灵魂。只有达到忘我的状态，我才会陷入沉思或遐想。在那样的状态下，我感觉到难以名状的陶醉和欣喜，甚至可以说是完全融化在生命的体系中，与整个大自然融为一体。当我与世人还情同手足的时候，我会制定一些关于尘世快乐的规划；这些规划涉及方方面面，但关于个人幸福的念头从来没有触动过我的心灵，直到我眼看着自己视为手足兄弟的人们将他们的快乐建立在我的痛苦之上。于是乎，为了不恨他们，就必须逃离他们；逃遁到自然母亲怀抱中的我，想要在她的庇护下，躲避她的孩子们给我造成的伤害。我成了孤独的人，或者像他们说的那样，成了一个孤僻阴郁、愤世嫉俗的人，因为在我看来，最荒蛮的孤独也强过与邪恶的人往来，他们赖以生存的养料唯有背叛和仇恨。

我不得不克制自己不去思考，我害怕会不由自主地想到自己的不幸；我不得不抑制住所剩无几、令人愉悦但衰弱无力的想象力，以免在深重的痛苦的压迫下最终不能幸免于难；我不得不试着忘记用耻辱和凌虐攻击我的人们，我害怕自己最终在义愤填膺的刺激之下转而与他们针锋相对。但是，我也无法完全将思绪集中在自己身上，因为我那澎湃的灵魂已不受我的控制，它试图将我的情感和灵魂延展到别的生命轨迹上；我也不能再像过去那样埋首于大自然的广袤天地了，因为我的体力和精力都已经衰减懈怠，无法再找到足够决绝、足够稳定并在我能力范围之内足够吸引我的事物了，我也失去了在过去的心醉神迷中遨游的活力。我的思想几乎已不复存在，只剩下了感觉，而我能够理解的范畴不会再超过我身边最近的事物距离了。

我逃避人群，追求孤独，不再幻想，甚至减少了思考，但我反倒具备了一种鲜活的气质，让我可以远离沉闷而忧伤的麻木不仁。我开始关注围绕在身边的一切事物。在强烈的天然本能的驱使下，我偏爱的都是那些最令人愉悦的事物。矿物王国本身并没有任何吸引人的可爱之处，丰富的矿藏深埋在大地的怀抱之中，似乎远离人类的目光就是为了避免诱发他们的觊觎之心。矿藏就在那里，似乎是储存了起来，以备在将来的某一天成为真正财富的替代品，用以取代那些早已为人类所掌控，随着人类自身的堕落而逐渐失去了人们的关注的事物。到了那时，就需要发展工业，用辛苦劳动解决贫困问题；人们在大地的脏腑中挖掘，冒着生命危险，以牺牲健康为代价。他们在其中寻找的是想象中的财富，而不是大地为懂得享受的人提供的实实在在的财富。人类开始逃避阳光和白昼，他们也不配再看见这青天白日；他们将自己活埋在地底，这也算是做了一件好事，因为人类已不配再生活在阳光下。在那里，采矿场、深渊、熔炉、锻窑、铁砧、榔头、烟气和火焰取代了乡村劳动的美好图景。不幸的人们面孔苍白、身形消瘦，在散发着恶臭蒸汽的矿脉中日渐憔悴，铁匠皮肤黝黑，人们变得像独眼巨人般丑陋……这些大地深处的场景取代了大地表面的绿地、鲜花、蔚蓝的天空、坠入爱河的牧羊人和健壮的劳动者。

我承认，捡拾各种砂石把自己的口袋和陈列室装满并以此做出一副自然主义者的模样，是一桩轻松愉快的事；但专注并止步于此类收藏的人们通常只是无知的有钱人，只是为了体验陈列炫耀的快感罢了。要想真正从事矿物研究，必须成为化学家和物理学家才行；必须进行许多造价不菲且艰难的试验，在实验室辛勤工作，在煤炭、坩埚、熔炉和蒸馏瓶上花费许多钱财和时间，终日处于蒸腾的烟雾和令人窒息的蒸汽之中，要冒生命危险，而且往往对健康有害。在这样困难而令人疲惫的工作中，收获的知识往往比傲慢少得多。哪怕是最平庸的化学家也会认为自己参透了大自然的所有伟大奥秘，事实上可能只是偶然发现了大自然千奇百怪的事物中的几种微不足道的化合物罢了。

动物王国距离我们更近，当然也更值得我们研究。但这门学科也有自己的困难和麻烦，也有令人恶心和痛心之处。对于一个孤独的人来说，无论是游艺还是工作，都不指望任何人从旁协助。那我又如何观察、剖析、研究、辨识天空中的飞鸟、水里的游鱼和地上的走兽呢？它们的行踪如风一般轻盈，比人要强壮得多，绝不会乖乖地前来让我研究，我哪里有力气跟在它们后面追捕并强行制服它们呢？这样一来，我的研究对象就只剩下了蜗牛、蠕虫和苍蝇，我的生命将在气喘吁吁地追赶蝴蝶、刺穿可怜的小昆虫、偶然发现动物尸体和解剖我费尽力气捕到的老鼠中度过。不进行解剖，动物学就什么也没有；只有通过解剖，才能学会如何辨认与分类。要想了解动物们的习性和特点，那就必须拥有鸟舍、鱼塘和动物园，将动物圈禁起来，才能将它们聚集在我身边供我研究。但我既没有兴趣，也没有办法将它们囚禁起来，我无法跟上它们自由自在的步伐。所以我只能研究死去的动物——将它们肢解，剔骨，研究它们并未停止抽搐的内脏。解剖学教室实在是个恐怖的地方——散发着臭气的尸体、渗出黏液的青白色肉体、血迹、令人作呕的内脏、吓人的骷髅和瘟疫般的瘴气。我保证，这可不是能让卢梭流连忘返的地方。

鲜艳的花朵、草地上星星点点的小草、清凉的树影、潺潺的溪流和花束，让它们来净化我被以上种种丑陋事物玷污的想象力吧。我的灵魂已经丧失了伟大的情感，只能被敏感的事物打动；我所拥有的只剩下感觉，痛苦或喜悦只能通过感觉触动尘世间的我。我被周遭明媚的事物所吸引，端详、凝视，加以比对，最终学会了如何将它们分门别类。就这样，忽然一下子，我成了一位植物学家，只想通过研究大自然而不断发现新的理由去热爱自然。

我绝不是为了学习知识——已经太迟了。再说，我还从来没见过科学能够对生活之幸福做出贡献的先例。我只想给自己创造一些甜美简单的乐趣，让自己能够不费力气地感受到快乐，好忘记生活中的不幸。在植物的世界里漫无目的地游荡，既不需要投入，也不必费力，就可以好好研究它们。我会比较它们各不相同的特点，发现它们之间的联系和区别，然后观察植物的组织形态，追踪这些充满生命力的机体是如何发展和运作的，努力探究它们之间的普遍法则和它们形态各异的结构原理，让自己沉浸在感激与欣赏中。感谢大自然让我有幸享受这种乐趣。

植物好像天空中的星星一样被播撒在大地之上，它们存在的目的就是用乐趣和新奇吸引人们去研究大自然；星辰距离我们太过遥远，要想抵达星海并将其纳入我们认知的范围，需要事先储备足够的知识并准备好各种仪器设备和足够长的梯子才行。而植物生来就在那里，它们在我们脚下，甚至就在我们的手边生长。尽管有时候植物的某些核心部位小到肉眼难以看见，但用来观察植物的工具比观察星辰的工具要容易操作得多。植物学是适合孑然一身的闲人和懒人的研究——一把小刀加一个放大镜就是观察植物所需要的全部装备。孤独的漫步者自由徜徉在一个又一个研究对象之间，满怀兴趣和好奇心地仔细观察每一朵花，当他开始理解植物结构的法则时，他会在观察中毫不费力地体会到一种快乐，其强烈程度与费尽千辛万苦得来的乐趣不相上下。在这项游手好闲且全无用处的活动中，有一种只有在纯粹的宁静中才能感受到的魅力，这种魅力本身就足以让生活变得甜美而幸福。可是，一旦其中混入了利益或虚荣的动机，为了博取功名也好，为了著书立说也好，如果只是为了学习而学习，只是为了成为作者或教授而去采集植物，这种甜美的魅力便会消散得无影无踪。人们只会将植物看作是追名逐利的工具，所以他们在研究中感受不到真正的快意。人们再也不想求知，只想炫耀自己所掌握的知识，森林被扬名立万的冲动所占领，只不过变成了人世的另一个舞台罢了。

或者，人们只是局限于陈列馆和植物园中的植物学而不去观察大自然中的植物，一心埋头研究各种系统和方法；永无止境的争论并不能让我们多发现一种植物，也不会真正增进人们对自然历史和植物王国的了解。追名逐利所产生的仇恨和嫉妒心在植物学者身上激起的效果与在其他饱学之士身上别无二致。就这样，他们让这门可爱的学科变了味，将它移植到城市和学院之中。在那样的地方，植物学研究就像移栽到花园中的异域植物一样，发生了水土不服的变化。

对我来说，情况完全不同。这门学问充满了趣味，填补了我生命中的空白。我登上岩壁，爬上山头，深入山谷和树林，尽可能避开关于人类的记忆和恶人的伤害。仿佛在森林的荫蔽之下，我便能被世人遗忘，获得自由和安宁，仿佛从来没有过敌人似的，仿佛树木的枝叶能够保护我不受外人的侵扰，仿佛植物能让人类从我的记忆中淡出。我傻乎乎地觉得，只要我不去想人类，人类也不会想到我。在这样的幻想中，我感受到了极大的快乐，如果我的自身条件允许的话，我真希望能够完全投入其中。我所感受到的孤独越是深刻，就越是需要某些东西来填补其中的空虚，那些被我的想象力所抗拒的事物和已经被我遗忘的事物被另一些自然产生的造物取而代之，这些造物是大地展现在我眼前的，不是人类强力所为的产物。前往沙漠中寻找植物新品种的乐趣远胜于躲避迫害者的乐趣；来到完全看不到任何人的地方，我可以随心所欲地呼吸，仿佛抵达了一处人类的仇恨无法尾随而至的避难所。

我这一辈子都记得在拉洛巴利亚附近的教士山采集植物标本的那一天。我独自一人跋涉在高低起伏的山间，走过一棵又一棵树，一块又一块石头，最后来到了一处地势隐蔽的洼地。在我的一生中从没见过如此蛮荒的处所。暗色的冷杉中混杂生长着巨大的山毛榉，其中有好几棵已经老朽倒下，相互交叠在一起，为这片洼地搭起了无法入侵的天然壁垒。透过这片被围起来的阴暗场地向远处望去，只能看到嶙峋怪石和陡峭悬崖，若不是趴在地上，我简直不敢往下看。猫头鹰、鸦鸟和白尾海雕的叫声在山间回荡，这些并不常见但我却很熟悉的小鸟儿倒是缓和了寂静山中的恐怖氛围。在这里，我发现了七叶石芥花、仙客来、圆叶鸟巢蕨、伞形科植物大拉瑟草以及其他好几种令我着迷的植物，我津津有味地观赏了好长时间。不知不觉中，我被眼前事物引发的强烈视觉冲击所征服，忘记了植物学和花草树木，坐在石松和青苔铺就的天然坐垫上，陷入了自由自在的遐想。

　　我认为自己身处天地之间最不为人所知的避难所，迫害我的人一定找不到我了。很快，我的遐想中便混入了一丝自鸣得意的情绪。我觉得自己可以和发现无人岛屿的伟大旅行家相比，我沾沾自喜——毫无疑问，我是第一个来到这里的凡人，我简直觉得自己就是另一个哥伦布。正当我神气活现地想到这儿时，忽然听到不远处传来一阵十分熟悉的叮当声；我侧耳细听，同样的声音再次响起，而且越来越频繁。我又惊讶又好奇，站起身来向声音所在的方向望去。透过灌木丛我看到，距离此地二十步开外有一座背斜谷，谷中有一座手工工场。

我不知道该如何描述在发现这一隐秘处所时心中所感受到的复杂矛盾的滋味。我的第一感觉是喜悦，因为在我原本以为完全没人的地方我竟然发现了人迹。但这种感受比闪电还迅速地一闪而逝，随即立刻被一种更持久的痛苦感受所取代——即使在阿尔卑斯的山洞中也逃不出一心想要折磨我的人的毒手。因为我深信，在这座工场里，没有参与蒙特莫兰牧师①主持的阴谋的人大概不会超过两个。我赶忙打消了这种丧气的念头，自己反而觉得很好笑，我笑我幼稚的虚荣心，也笑我因虚荣而受到的戏剧性的惩罚。

①蒙特莫兰牧师是莫蒂埃城的牧师，卢梭认为他即是莫蒂埃投石事件的策划者。

131

不过说实在的，谁也不会想到在悬崖峭壁边上能够见到一座工场。全世界只有在瑞士能见到蛮荒的大自然与人类工业如此混杂在一起。甚至可以说，整个瑞士仿佛就是一座巨大的城市，其中有像圣安托万街那样又宽又长的大道，其余地方则散布着森林，还有高山将其分隔开来，散落而偏僻的屋舍之间唯一的沟通交流只有英国式的花园。说到这里，我又想起了另一次采集植物的经历。那一次，杜·佩鲁、德·艾舍尼、布里上校、教士和我一起前往沙瑟龙山，在山顶上我们发现了七处湖泊。别人告诉我们整座山上只有一座房屋，屋主所从事的职业完全出乎大家的意料——谁也没想到他是一名书商，而且是一位在国内生意做得十分兴隆的书商。在我看来，仅此一件事就比所有旅行者的描述更能让人们真切体验到瑞士是个怎样的国度了。

还有另一次性质相同或相似的经历，同样可以让人们感受到这个民族的与众不同。在我旅居格勒诺布尔期间，我经常和当地一位名叫波维耶的律师一同去城外采集花草。他并不喜爱植物学，也不懂得植物学，只是自告奋勇地随时守护着我，将与我寸步不离作为他所奉行的一项法律。一天，我们在伊泽尔河边一处长满刺柳的地方漫步。我发现这些灌木上的果实已经成熟，好奇之下尝了尝滋味，发现其味道略微有些酸，但还算可口，于是我便开始食用这些果实，用以充饥解渴。波维耶先生就站在我身旁，他没有跟我一起吃，也没有说什么。突然，他的一个朋友出现了，看到我正在大嚼刺柳的果实，便对我说："嘿！先生，您在做什么啊？难道您不知道这果子有毒吗？"我大惊失色问他："这果实有毒？""没错，"他答道，"大家都知道，所以当地人从来不敢吃它。"我质问旁边的波维耶先生："那您为什么不提醒我呢？""啊，先生，"他满怀敬意地答道，"我可不敢冒昧打扰您啊。"看着这个多菲内人谦逊的样子，我不禁笑出了声，随即也放弃了这份小吃。当时，我还相信——现在也依然相信——大自然的产物只要尝起来味道可口，就不会对身体健康有害，或者说只会在过度食用的情况下才会有害。不过我承认，那一整天接下来的时间里，我都提心吊胆，好在后来也没那么焦虑了；晚餐我吃得很好，夜里也睡得很香，第二天早上醒来我感觉好极了，尽管我前一天吃了十五或二十个可怕的沙棘果。

第二天我在格勒诺布尔碰到的所有人都告诉我，这种果实食用很小的剂量就能毒死人。这次冒险在我看来实在有趣，以至于每一次想到这件事，都无法不被波维耶先生个性十足的低调谨慎逗笑。

我所有的植物学探究历程和那些曾让我备受震撼的丰富印象以及从中产生的思想，加之我在研究植物期间经历的所有事件在我心中留下的痕迹，至今仍然会在我采集植物的过程中不断更新。我再也看不到那些美丽的景色了，那些森林、湖泊、灌木丛、岩石、山岭，都再也看不到了，但是它们的形象永远让我感动。虽然我再也不能寻访那些美好的地方了，但只要打开我的植物标本集，当初的情景便会重现眼前。我收集的花瓣草叶足以让我回忆起所有令人叹为观止的奇景。对我而言，这部标本集是一本植物学日记，它会在回忆中给我带来新的享受，让我一次又一次清楚地看到那些美丽的纷繁色彩。

这就是我关于植物学的遐想。植物学在我脑海中凝聚了各种令人愉悦的想法，让其本身显得更有魅力。草地、流水和树木，以及在这一切中所获得的孤独、平静与安宁，都在我的记忆中不断重现。植物学研究让我忘记了人类的迫害、仇恨、鄙视、凌辱和一切恶行。植物学研究将我带往宁静的世界，把我带到质朴善良的人们中间，就像我过去所生活的环境那样。它让我想起我的青年时代和纯洁的快乐，让我再次体会到了那些快乐，让我即使身处于凡人所能经历的最为悲惨的处境之中，也时常会感到无比幸福。

八 苦难

　　当我静静思考自己的灵魂在一生中面对不同处境所表现出的不同状态时，让我极度惊讶的一点是：虽然遭受了种种的阴谋算计，但是我对于善与恶的感知与我所经历的种种磨难相比竟然完全不成比例。我人生中短暂的兴盛时期对我的影响内在而持久，却几乎没有在我心中留下什么愉快的回忆；相反，在我经受人生的种种苦难时，我却时常感到温存而令人动容的美好情感，仿佛一剂良药敷在我伤痕累累的心上，将痛苦转化成了快感。时过境迁，我只能回忆起这些美好的情感，不再记得与之同时加诸我身的折磨。看起来，我似乎在苦痛中更多地品尝了生命的美好，好像只有当命运将情感紧紧束缚在我心头，让我专注本心，丝毫没有为他人在意的身外之物分心的时候，我才是真正地活着。至于别人在意的那些事情，本身并不值得费心，只有自以为幸福的人才会将那些事情当作头等大事。

当我周围的一切都井然有序时，当我对身边的一切和自己生活的氛围心满意足时，我便对这一切都饱含眷恋之情。我那情感外露的灵魂被外物吸引，花花世界的无数纷繁乐趣让我心驰神往，让我的灵魂在痴迷中渐行渐远，从某种程度上说，让我渐渐忘记了我自己。我完全被身外之物所吸引，心灵始终躁动不安，体验着人间的世事无常。这种疾风骤雨般的生活既没有让我获得内心的安宁，也没有为我带来平静的容身之所。那时，尽管表面上我很幸福，但是我心里没有任何一种情感经得起仔细推敲，能够让我真正感到愉快满足。我从来没有百分之百地对他人或自己感觉到满意。

社会的湍流让我头晕目眩，孤独让我无聊，我总是需要去往新的地方，无论在哪里都不觉得好过。与此同时，我在任何地方都受到热烈的欢迎和接待，享受着人们的款待和喜爱。我没有敌人，没有对头，也不遭人嫉妒。人们给予我的只有恩惠，我自己也时常向别人伸出援手。那时的我没有财产，没有工作，没有支持者，没有表现出什么伟大的天赋也没有名气，却享受着一无所有的好处。那个时候，我觉得谁的境遇都不会比我更好。那么我究竟还需要拥有什么才能感到幸福呢？我不知道。但我知道的是，我不幸福。

时至今日，我还需要失去什么才能成为所有凡人中最不幸的那一个？什么都不缺了，人们都已经安排好了。好吧，不过即便在如此悲哀的境遇中，我也没有兴趣和最幸运的人交换生活和命运，我宁愿在苦难中继续做我自己也不愿投靠兴旺发达的人群。我独自一人，只能自食其力，以自己的身体作为养分，而我的身躯还没有耗尽，我还可以自给自足——尽管我可以说几乎是在靠反刍空气来维持生命，尽管我那枯竭的想象力和黯淡无光的思想再也无法给心灵提供养分。我的灵魂被肉体的脏腑连累，也变得模糊而迟钝，一天一天地衰弱下去，在肉体的重压之下，灵魂再也没有足够的活力，再也无法像过去那样挣脱衰朽躯壳的束缚。

厄运就是这样，它迫使我们只能依靠自己，或许这正是大多数人难以忍受厄运的原因。对于只会因为犯错而自责的我来说，我将错误归因于软弱，以此安慰自己：有预谋的罪恶从来都没有污染过我的心灵。

然而，除非是傻子，否则怎么可能看不出人们让我落到了多么悲惨的处境，又怎么可能不为我的遭遇感到痛苦和绝望呢？而我，作为众生中极其敏感的一个个体，不仅远远没有因此而灭亡，相反，我就这样静静地打量着自己的处境，心中却不为所动；我没有抗争，没有挣扎，几乎是无动于衷地眼看着自己身陷其中，倘若换作任何其他人，或许谁都无法平静地承受这一切吧。

　　我是怎么做到这一点的？想当初，我疑心自己受人算计，但其实早已深陷阴谋而我却浑然不觉，当时我一点也不像现在这样心绪平静。发现自己遭人暗算是一种全新的体验，让我的世界天翻地覆。无耻和背叛出其不意地打击了我。正直的灵魂怎么可能对这样的灾难有所准备呢？只有心怀恶念的人才能预见到恶行。我跌进了人们在我脚下掘好的一个又一个陷阱。愤怒和疯狂攫住了我，让我失去了理智和方向，我的头脑一片混乱。人们不断将我推向恐怖的黑暗中，我看不见指引方向的光芒，也摸不着可以支撑我站稳的依靠，没有任何东西能帮助我抵挡那紧咬不放的绝望。

　　在那样糟糕的处境中，我怎么可能幸福而平静地生活？然而现在，我的处境比之前更加糟糕，但我却在其中找回了宁静与和平。现在我生活得幸福而平静，迫害我的人对我施以种种难以置信的酷刑，我对他们报以嘲笑，他们只是在枉费心机，而我却始终平静，忙于研究花朵，观察植物的雄蕊，醉心于其他种种孩子气的傻事。我甚至都不会想到他们。

我是怎样达到这种境界的？自然而然，不知不觉，毫不费力地就这样了。最初确实很可怕。我原本觉得自己理应得到喜爱和尊重，认为应该得到与自己相配的荣誉和爱戴，可是突然一下子，却眼睁睁看着自己摇身一变，被当成了前所未见的骇人怪物。我看到整整一代人争先恐后地对这一观点表示赞同，没有解释，没有怀疑，没有悔愧，我甚至都无法弄明白究竟是什么原因导致了这种奇怪的转变。我狂暴地挣扎，结果只是越缠越紧。我试图迫使那些伤害我的人们给我一个解释，但他们并不愿意。在长期自我折磨却没有任何收获之后，我必须停下来歇口气了。然而我始终抱有希望，我对自己说："如此愚蠢的盲目和如此荒谬的成见不可能让全人类都心服口服，一定还有清醒的人没有被这份狂热所感染，一定还有公正的灵魂会对阴谋和背叛表示憎恶。我要去寻找，或许最终会找到这么一个人，只要找到他，我就能挫败人们的诡计。"然而我的寻找是一场徒劳，我什么也没有找到。这是一次全体性的同仇敌忾，没有例外，没有转机，我确定自己将在这场可怕的放逐中了却残生，永远也没有机会参透其中的秘密。

漫长的苦痛挣扎之后，在这样可悲的处境中，我似乎应该低头接受令人绝望的命运。但我没有。我找回了从容、平静、安宁和幸福，因为生命中的每一天都让我想起前一天的欣喜，而我对明天也没有更多的期待，和今天一样就已足够。

这份超然心境从何而来？只来自一点，那就是我学会了毫无怨言地承担客观必然的压迫。我曾努力让自己仍然心系于千百种事物，然而所有的依恋一一落空，我只能依靠自己，还好我最后终于找回了踏实的感觉。尽管在各个方面都受到压迫，我仍然在勉力维持着自己的平衡，因为我不再牵挂任何事物，我所依靠的只有自己。

当我慷慨激昂地对抗舆论时，我仍然背负着舆论的枷锁，只是自己丝毫没有觉察。我们总是希望我们所尊重的人也会尊重自己，因此当我还对某些人心怀敬意时，也就做不到对他们的评价无动于衷。我发现公众的评判往往是公道的；我并没有意识到这种公道本身只是偶然性的产物，人们树立观念所依据的规则仅仅是他们自己的情绪以及这种情绪所铸就的偏见；即使他们的判断是正确的，这些正确的判断往往也是源自某种错误的原则；当他们假模假式地对某一个人表示欣赏和尊敬时，那并不是出于公正，而是为了在对同一个人的其他方面肆意诽谤，做出一副看似公正无私、不偏不倚的模样。

在经历了漫长而徒劳的寻找之后，我终于意识到，所有人都毫无例外地身处于恶念创作出的极其不公和荒谬的体系之中；我意识到在关于我的问题上，所有的头脑都已失去了理智，所有的心灵都已背弃了公道；我看到整整一代人变得盲目而狂热，对一位从未有过害人之心或做过伤人之事的可怜人群起而攻之；在苦苦寻觅哪怕一个同类却无果而终之后，我最终熄灭了心中的灯盏，痛苦地大喊：根本就没有这么一个人！于是，我开始明白自己在这世间只是孤身一人，我终于意识到，对我而言，与我同时代的人只不过是在某种动力作用下活动的机械生命体，我只能以机械运动的法则去理解他们的种种行为。无论我从他们的灵魂中揣测出了什么样的意图和偏见，我永远都无法理解他们对我的所作所为。渐渐地，他们的情感和思想对我失去了所有意义，从此他们在我眼中只不过是被不同的作用力所驱使的物体而已，是失去了所有精神观念的躯壳。

面对苦难，我们更在乎的往往是意图而不是结果。屋顶上落下的一块瓦片可能对我们造成严重的人身伤害，但并不会像心怀恶意的人蓄意投出的石块那样导致心灵的创伤。打击的行为有时会落空，但打击的恶意永远不会失手。在命运的打击中，我们会觉得具体的物质伤害反而是最微不足道和最容易忍受的。当不受命运眷顾的人不知该将自己的不幸归咎于何人时，便会迁怒于命运，他们将命运人格化，仿佛命运拥有双眼和心智，专为折磨世人而生。这就是为什么输红了眼的赌徒会勃然大怒，却不知怒从何起。他们想象出一种对他紧追不舍且一心想要折磨他的运数，并以此作为宣泄愤怒的对象，就这样对自己臆想出的敌人大动干戈。然而有智慧的人遭受不幸时，他所看到的只是客观发生的随机事件而已，不会因此产生任何不理智的激动情绪；他也会在痛苦中尖叫，但是不会有狂怒和愤懑的情绪；他也会成为厄运的猎物，但他只会感受到具体的物质上的疼痛。他所经受的挫折只能伤及他的身体，却一点也不会刺入他的内心。

　　能做到这一步已经很不错了，但是我们不能在此止步，这还不是全部。这样做确实可以消除痛苦，但无法消除痛苦的根源。因为真正的病根并不存在于我们身外的事物，它就在我们自己心里，只有经历了内心的挣扎才能将其彻底铲除。这就是当我开始审视本心的时候所感受到的一种极其明显而强烈的体验。我的理智告诉我，试图对自己所遭遇的一切做出任何解释都是荒谬无稽的，我终于明白，这一切的原因、手段和工具都是我无法理解的，它们对我毫无意义。我应该将自己经历的所有细节都视为纯粹因宿命而导致的行为，我不应该去揣测谁是幕后主使，其中究竟有怎样的主观意图或道德上的动机；我应该顺从这一切，不要理论，不要抗拒，因为那都没有用；我在这世上要做的全部事情，就是将自己视为一个纯粹被动的生命体，不要再把所剩不多的用来承受不幸的力气浪费在徒劳的抵抗上。这就是我的所思所想。我从理智到情感都接受了上述这些想法，然而我还是能听到内心深处的低语。这低语从何而来？我试图寻找它的源头，后来我终于找到了——它来自我在对人类感到愤慨之后便开始反抗理性的自负之心。

这一发现过程并没有想象中那么容易，因为一个无辜的受迫害者在很长时间里都一直将其作为渺小个体所拥有的骄傲，当作是对正义的纯粹热爱。不过，一旦发现了真正的源头，也就可以轻易让它枯竭，或者至少可以让它转变流向。对有傲气的灵魂而言，自尊是最重要的驱动力；自负可以创造出丰富的幻想，它常常披上伪装，让人以为它就等同于自尊；等到这自欺欺人的把戏最终被拆穿，自负之心再也无处藏身的时候，那就再也没有什么好担心的了。尽管还是要花费很大力气才能压制住自负的情绪，但至少可以相对轻松地克制住它了。

我一直都不是特别自负；这种矫揉造作的情感也曾一度让身在上流社会的我变得慷慨激昂，尤其在我还是一名写作者的时候；我或许不像别人那样，但也着实不可思议。我接受的惨痛教训很快将这种自负打回了原形。起初它奋起反抗各种不公正，到最后却对不公视若无睹。自负的情绪蛰伏在我灵魂深处，斩断了能够让它变得苛刻挑剔的与外界的联系，它对攀比和偏心退避三舍，它唯一关注的就是要我好好对待自己。于是乎，我的自负之心回归到了自然的秩序之中，将我从舆论的桎梏中解救了出来。

从那时起，我便找回了灵魂的安宁，甚至找回了极致的幸福。在我身处的情境中，正是自负让我一直不幸福。当自负缄口不言时，理性便开始发声，给予我们慰藉，终于得以缓解我们无法凭借一己之力回避的种种痛苦。理性甚至在痛苦刚刚发作的瞬间就开始发挥作用，理性让我确信，只要不去在意痛苦，就能避开它最尖锐的锋芒。对于压根不会留意伤口的人来说，伤害便失去了全部意义。对于在所经受的苦难中只看到不幸本身而看不到背后意图的人，以及那些不会曲意逢迎他人以博取好评尊敬的人来说，冒犯、报复、亏待、凌辱和不公都算不了什么。

不论人们怎么看我，都无法改变我生命的本质；不论他们有多大的力量，暗地里有多少阴谋诡计，不论他们做什么、怎么做，我始终都还是我。诚然，他们为我设下的迷局影响了我的处境，他们在我与他们之间筑起的壁垒夺走了我在晚年生存所需的所有物质资源和帮助。甚至连金钱对我都没了用处，因为钱再也不能为我提供我所需要的服务——人们与我已经没有了交易，也没有了相互交换的资源，更没有往来关系。即使身在人群之中，我也是孤身一人，我就是自己唯一的资源，而这份资源在我这个年纪，在我所处的状态之下，也已经相当脆弱。

苦难是沉重的，但自从我懂得如何忍受苦难而不让自己受到刺激之后，它们对我也就失去了所有的效力。真正感受到欲求的时刻总是稀少的，是预见和想象让这样的时刻成倍增加，而这种让人觉得连绵不绝的持续性才是让人焦虑和不幸的关键。至于我，知道明天将要受苦对我并无所谓，只要今天不受苦就可以让我平静。我完全不会因为预见到未来的苦难而感到不安，只会因当下的感受而痛苦——这就将痛苦缩减到了极小的范围之内。

独自一人、病痛缠身、卧床不起，我可能就这样贫困潦倒、饥寒交迫地死在卧榻之上，没有任何人会在意。不过，如果连我自己也不为此费心，与其他人一样，对自己的境况毫不在意、听之任之，那么这一切又有什么关系呢？尤其是到了我这个年纪，已经学会用置之度外的心境看待生命与死亡、疾病与健康、财富与贫穷、荣耀与污蔑，所有这些都已经不算什么了。大多数老人对什么都感到焦虑；可我却什么也不操心。不论发生什么，对我来说都无所谓。这种漫不经心并不是我本人的智慧结晶，而是拜我的敌人们所赐。所以还是接受并充分利用这点好处，权当是补偿他们给我造成的伤害吧。他们使我对逆境变得无知无觉、无动于衷，与保护我免受厄运的打击相比，这么做反而对我更有裨益。如果不经历打击，我会永远害怕面对逆境；现在，我征服了厄运，我再也不害怕了。

此种本领让我在人生的兜兜转转之中始终保持着与生俱来的那种漫不经心的特质，假使我的生活完全富足无忧，差不多也顶多保持到这个程度。当然，在某些短暂的时刻，某些事物的出现会让我回忆起最痛苦的忧虑，但在除此之外的所有时候，我的心灵都在秉性的驱使下，被种种美好的情感所吸引，从它为之而生的美妙感觉中汲取养分；我与产生这些美妙感觉的想象中的生命一同享受这份快乐，那些生命能够分享这份乐趣，仿佛它们确确实实存在似的。对于创造它们的我来说，它们的确存在，而且我不用担心它们会背叛或者抛弃我。只要我所受的苦难还在，它们就会一直陪伴着我，足以使我忘记自己身受的苦难。

一切都将我带回到我为之而生的幸福而甜美的生活中。我已经走过了人生四分之三的旅程，时而沉浸在富有教育意义、令人愉悦的事物中，满怀欣喜地调动我的头脑和感官；时而与我在幻想中所创造的孩子们相处，它们为我的情感提供了养分；时而与自己独处，对自己感到心满意足，心中充满了我认为自己理应获得的幸福。在这三种情况下，爱都是最重要的，而自负之心则没有任何意义。当我身处人群之中时所经历的悲惨时光则完全不是这样，那时我还是人们的傻瓜，被他们伪善的友好、浮夸而讥诮的奉承和口蜜腹剑的恶毒所摆布。

不论我以何种方式挣扎，自负总是能占据上风。我透过人们粗鄙的外壳看到仇恨和憎恶，那伤透了我的心；想到自己如此愚蠢地受骗上当，更是在伤心之中平添了一丝孩子气的恼恨，这便是自负的产物——我完全明白这有多么愚蠢，但就是克服不了。为了使自己逃离这些侮辱而嘲讽的眼神，我付出了令人难以置信的巨大努力。有上百次，我走过林荫大道，走过人流最密集的地方，存心想要让自己经受这些残酷的磨练；我不但没有达到目的，连一点进步都没有；我付出了艰辛的努力，结果却是徒劳，我仍旧与过去一样，容易被人糊弄、伤害和激怒。

由于受到自身感官的支配，无论我做什么都无法抵挡感官产生的种种影响；一旦某种事物对我的感官发生了作用，我的心灵便无法不受到其影响。但是，这些情绪的骚动十分短暂，只是随着感觉的存在而存在。如果一个满怀憎恨的人出现在我面前，会对我造成强烈的影响，只要这个人消失不见，这种印象便也随之停止。在他从我视线中消失的那一瞬间，我便不会再想到他。就算知道他要对付我也无所谓，我不会再为他劳神费力；眼前感觉不到的伤害无法以任何方式影响到我，看不见的迫害者对我来说就等于不存在。我明白这种态度为主宰我命运的人们提供了可乘之机，那就让他们尽管动手好了。我宁愿毫不抵抗地任由他们折磨，也不愿时时刻刻想着如何保护自己免受他们的打击。

这种感官对心灵的影响是我生命中唯一的折磨。在看不到任何人的日子里，我完全不会想到我的不幸遭遇，甚至根本感觉不到它，也不再因此而痛苦；我觉得幸福，满足，心无旁骛，没有羁绊。但我很少能躲开感性的伤害，当我已经差不多要彻底忘记的时候，哪怕看到一个阴郁的手势和眼神，听到一句恶毒的言语，或者偶然碰到一个心怀恶意的人，都足以让我崩溃。在这样的情况下，我能做的只有尽快忘记自己看到的，然后逃走。心头的苦楚会和让我心痛的对象一同消失，只要我是独自一人，便能立刻回归宁静。如果还有什么让我焦虑，那就是担心在所经之处再次遭遇引发痛苦的事物。这是我唯一的苦恼，足以破坏我的幸福。

我居住在巴黎市中心，有时会走出家门，去乡间享受孤独，但在能够自由呼吸之前，还得走上很长的一段路。在路上，我会碰到成百上千个让我心头发紧的人和事，在我抵达苦苦追寻的避难所之前，一天中一半的时光就这么消磨在焦虑之中了。好在他们还能让我走完这段路，这已经不错了。冲出恶毒的随行者的重围，那是一个无比美妙的时刻。我来到树下，身处于盎然绿意之中，觉得自己仿佛置身人间天堂，我品尝到了内心的愉悦，似乎我就是这尘世间最幸福的人。

我还清楚地记得，在我还算幸运的短暂时期，今天让我觉得如此美妙的孤独漫步，在那时只会让我感到无聊乏味。当我在乡下某户人家做客时，为了活动身体和呼吸新鲜空气，我会独自出门，像盗贼一样蹑手蹑脚地溜走，到鱼塘附近或田野间漫步；那时的我远不像今天这样能够从中体会宁静和幸福，头脑还在为方才的种种空洞无聊的想法激动不已，这样一来我刚刚离开的同伴即便在我独处时也好像如影随形。忘乎所以的自负和喧嚣的社会生活污染了我的双眼，我无法欣赏树丛的鲜活色彩，也无缘享受独立的安宁。逃往树林深处也没有用，讨厌的人群始终跟随着我，使我对整个大自然都视而不见。在彻底摆脱了社会的人情世故和人们可悲的蝇营狗苟之后，我才终于重新发现了大自然的全部魅力。

　　最初无意识的情绪冲动是无法抑制的，在对这一点深信不疑之后，我便放弃了努力。每当受到打击，我便任由自己血液沸腾，任由愤怒和狂想控制我的感官——即使我用尽全力也不可能阻止或压抑这最初的情绪爆发，索性由着性子让它尽情释放。我只能尽力控制之后的事态，以免导致不良后果。灼灼发亮的目光、脸上的怒火、四肢的颤抖和令人窒息的心跳都是纯粹的生理反应，与理性毫不相干，但只有任由天性发泄出最初的怒火，我才可以一点一点恢复知觉，重新主宰自己。长期以来我一直努力试图做到这一点，过去一直没有成功，不过最后终于做到了。我不再将力气白白耗费在反抗上，而是静静等待着夺取胜利的时机，为此，我必须放手，让自己的理智做主，因为理智只有在我愿意聆听的时候才会发声。

唉！我在说些什么！我的理性？将胜利归功于理智，实在是大错特错，因为理智在其中并没有发挥任何作用。所有一切都来自我摇摆不定的秉性，一阵疾风就能在我心里掀起波澜，风吹过才会重归宁静。我那冲动的天性让我激动不安，而懒散的天性则让我平静下来。我顺从天性，任何冲击都能引发我强烈但短暂的情绪；一旦外界的冲击消失，情绪也就偃旗息鼓，不会在我身上持续。对于我这样的性情，命运的沉浮和人类的算计几乎没有作用。要想让我感受到持续的疼痛，必须一刻不停地让我感受到新的疼痛。只要痛感中断，不论这间歇多么短暂，都足够让我回归本心。当人们能够操纵我的感官时，他们可以随便拿我寻开心；但只要有一瞬间的放松，我就能重新回到天性使然的状态。不论别人做什么，我都会保持最初的模样；不论经历多少困难，我都能在这种状态中体会到幸福——我感到自己正是为体会这种幸福而生。在某一次漫步遐想中，我曾经描绘过这种状态，它对我是如此合适，以至于我想永远维持这样的状态，别无他求，唯一的忧虑只是担心这种状态受到打扰。人们对我所犯下的恶行不会再以其他任何形式伤害到我；唯一让我感到不安的就是担心他们还会设下新的圈套。但是，显然他们再也想不出什么能对我产生持续性影响的新圈套了。想到这一点，我不禁要嘲笑他们的心机。随他们去吧，我乐得安然自在。

九　幸福

　　幸福是种永恒的状态，似乎并不是为尘世间的凡人而创造的。大地上的一切都处于持续不断的流变之中，任何事物都无法维持始终如一的形态。我们周围的一切都在发生改变。我们自己也在改变，任何人都无法保证明天仍然会爱着今天所钟爱的一切。如此说来，我们为追求人生极致幸福而制定的任何计划都是空想。在精神的满足到来时，就尽情享受吧，小心守护它，不要放手让它远去；但也不要做任何强留它的打算，因为那样的打算纯属痴人说梦。

　　我见过的幸福之人寥寥无几，或许根本就没有；但我时常见到心满意足的人。对我而言，在所有让我感到惊讶的事情中，这一发现也是最令我满意的。我相信这是一种自然而然的反应，是感官上的感觉支配内心感受的结果。幸福完全没有任何外在的表征，它只存在于幸福的人心中。相反，内心的满足却会从眼神、举止、语气和行动中流露出来，仿佛也会传递给能够觉察到这些信息的人。看着整个人群沉醉在节日的欢乐氛围之中，每一颗心都沐浴在稍纵即逝却生机勃发的快感里，世间难道还有比这更令人愉悦的事吗？

三天前，P先生几乎是迫不及待地跑来给我看达朗贝尔先生为乔芙兰夫人所作的一篇颂词。在开始朗读之前，他对文章里通篇胡编乱造的新词和无聊的文字游戏大加嘲笑，不时爆发出响亮的大笑，开始朗读时依然笑个不停。我聆听着，严肃的神情让他安静了下来。看到我始终没有被他的笑声感染，他终于不再笑了。

这篇文章中，篇幅最长也最考究的段落描绘了乔芙兰夫人看到自己的儿女、与他们谈天说地时的天伦之乐。作者不无道理地根据这种对儿女的情感得出结论：这是天性善良的明证。随后，他并未止步于此，更进一步下定论说，不这么爱孩子的人一定天性恶毒，心眼也坏，甚至声称如果去问问那些被押上绞刑架或者身受车轮刑的人，他们一定都会承认自己从没喜欢过孩子。这样的断言放在这篇文章里起到了独特的效果。就算作者所言不虚，难道就应该在那种场合下说出这种话，用酷刑和罪犯的形象玷污对一位值得尊敬的女士的赞颂吗？我不用动多少脑筋就领会了这种卑鄙做法背后的意图。等P先生朗读完毕，我向他揭示了这篇颂词中在我看来显而易见的某些东西，同时顺便提出了自己的看法：作者写下这段文字时，心中的仇恨远胜于友爱之情。

第二天有些冷，但是天气很好，我打算一路走到军事学院，想去附近寻找正在茂盛生长的青苔。走在路上时，我无意中想到了前一天P先生的到访和达朗贝尔先生的大作，我认为这段插曲绝不是无意之举；平日里什么事都瞒着我，现在却把这本小册子送到我面前，这样欲盖弥彰足以让我明白其中用意。我把自己的孩子送进了育婴堂，这一点足以让我被看作是一位没有人性的父亲。而当人们认定了这样的想法并由此引申开去，便会推导出"我痛恨孩子"这样一个显而易见的结论。顺着这条递推式的思路想下去，我不禁对人类颠倒黑白的技巧叹为观止。

我相信从来没有任何人比我更喜欢看到孩子们在一起玩闹嬉戏的情景了，我经常在街上、在散步时停下脚步，饶有兴趣地看他们做恶作剧和小游戏——我从未见过其他任何人对此有同样的兴趣。甚至就在前一天，在 P 先生登门拜访之前一小时，我还接待了两个小家伙——我的房东苏索最小的两个孩子，大一点的那个可能有七岁了；他们跑过来欢天喜地地抱了抱我，我也满怀柔情地摸了摸他们。尽管年龄差距巨大，但他们看上去是真心喜欢同我相处；而我呢，看到他们并没有嫌弃我这把老骨头，我也感到十分满足。小一点的那个孩子甚至主动跑回我身边，比他们更孩子气的我因此对他产生了偏爱。看着他离去的身影，我真遗憾他不是我的亲生之子。

对于我将自己的孩子送进育婴堂的非议，只需在措辞上花费一些心思，就很容易偷换概念将其转变为一种责难，将我塑造成一位厌恶孩子的父亲，对此我可以理解。然而真实的情况是，正因为担心任何其他做法都会让我的孩子们无可避免地经受更糟糕千百倍的遭遇，我才下定决心做出这样的抉择。倘若我对他们的未来不那么关心，在无法亲自抚养他们长大的情况下，我似乎更应该将孩子们交给他们的母亲抚养，任由她将他们宠坏；或者交给孩子母亲的家庭，任由他们培养出一群小怪物。如果是那样的话，至今想想都让我不寒而栗。在我眼中，与他们可能会做的事情相比，伏尔泰在戏剧中所描写的穆罕默德对赛义德的所作所为简直不算什么①。后来人们在这个问题上为我铺设的陷阱则让我确信他们对此早已有所预谋。

　　事实上，当时我还远没有预料到人们的诡计有多么残酷；但我知道的是，育婴堂的教育方式对孩子们的伤害相对而言是最小的，于是我便将他们送到了那里。如果再给我一次机会，我还是会这样做，甚至不会再像当初那样犹豫。而且我很清楚，如果从天性而不是后天习惯成自然的角度来看，没有任何一位父亲会比我更爱自己的孩子。

　　我对人类的心灵已经有了一定的了解，而正是观察孩子时的乐趣让我得以了解人类的心灵。不过，在我的青年时代，同样的乐趣对我的研究却是一种阻碍，因为我和孩子们玩得太过兴高采烈，根本想不起来还要去研究他们。现如今，我已步入老年，我意识到自己衰朽的

①伏尔泰在剧作《先知穆罕默德》中记述的情节：穆罕默德的奴仆赛义德是穆罕默德仇人的儿子，为了报复，穆罕默德教唆赛义德杀死了自己的亲生父亲。

身体让孩子们害怕，便提醒自己不要再打扰他们了，我宁愿自己失去这份乐趣，也不想让孩子们扫兴；我只要看着他们做游戏过家家就已经很满足了，看着孩子们，我找到了天性中最初的、最真挚的情感，而我们的饱学之士对此一无所知，这种情感弥补了我做出的牺牲。我在自己作品中所记载的内容可以证明，我对孩子们的研究细致入微，如果不是对孩子们抱有极大的兴趣，是不可能做到的；如果说《新爱洛依丝》和《爱弥儿》出自一位不爱孩子的作者之手，那大概是这世界上最令人难以置信的事情了。

我从来都没有过侃侃而谈的精力和天赋；而在经历了种种不幸之后，我的舌头和头脑更是越来越不灵活了。我越来越难把握观点的准确和言辞的贴切，而没有什么事情比同孩子们对话更需要斟酌表达是否得当了。我的小听众们的注意力和理解力都有限，他们对于我所说的看似权威的话语会如何解读、赋予其怎样的分量，这些更增加了与孩子们对话的难度。这种情况极其麻烦，加之我自觉没有足够的才能，所以感到十分困惑、不知所措。比起同一位小朋友喋喋不休地侃侃而谈，我在一位亚洲帝王的面前或许会觉得更加轻松。

现在，另一个令人不快的现象也让我与孩子们更加疏远。在历经不幸之后，我在看到孩子时心中还是一样愉快，但却再也没有过去那种亲近的感觉了。孩子不喜欢老年人，暮气沉沉的模样在孩子眼中面目可憎，我注意到他们流露出的厌弃，这让我伤透了心。我宁愿从此不再向孩子们表示友好，也不愿让他们觉得讨厌或恶心。这种想法只会对真正多情的灵魂产生作用，而对于学究们而言则没有任何意义。

乔芙兰夫人完全不会操心儿女们与她相处时是否快乐——只要她自己觉得高兴就可以了。但是对我而言，这样的高兴比漠不关心更恶劣。快乐如果不能分享，那就是一种负能量的存在。而从我的处境和年龄来看，我都无法再与孩子们尽情分享玩闹的快乐了。如果我还能与他们分享快乐，这种乐趣对我来说会因为稀罕而变得更加强烈。而这正是那天早上我与苏索家的小家伙们打招呼时所感受到的心情：不仅仅是因为带孩子的女仆没有对我太过指手画脚，也没有让我觉得在她面前必须格外小心自己的言行，更是因为孩子们在我面前始终活泼快乐，看起来与我的相处既没有让他们讨厌，也没有让他们觉得无聊。

唉！倘若我还能再享受到孩子们发自内心的亲近该多好啊，哪怕来自一个襁褓中的孩子也好，倘若我还能在与他们相处时从他们眼中看到快乐和满足，那么无论我再经受多少磨难和苦痛，都无法抵消这些发自内心的、短暂却温柔的真情流露啊！

唉，难道我只能在动物身上寻求人类再也不会施与我的善良眼神了吗？我已经很少有机会在人类眼中看到善意的目光了，但是那寥寥无几的几次美好经历却在我的记忆里留下了深刻的印象。下面就是其中的一件，在大部分时候我几乎想不起这件事情，但它在我心中留下的印象足以作为我悲惨遭遇的生动写照。

那是两年前的一天，我在新法兰西街区散步，往前走，左拐，从克里尼昂库尔村穿过，打算到蒙马特高地一带转转。我心不在焉地走着，没有注意脚下，突然感到膝盖被抱住了。我低头一看，一个大约五六岁的孩子正使出吃奶的力气揪着我的膝盖，仰头望着我，那副可爱的神情让我感到无比熟悉，在我心中激起了极大的触动。我对自己说：我自己的孩子原本也可以这样亲近我啊。我把那孩子抱起来，亲了他好几下，然后才放开他继续走我的路。走着走着，我感到心里好像少了些什么，一种油然而生的需要驱使我收住了自己的脚步。我责怪自己不该就这样抛下这个孩子，我想我从他那没有明确动机的举动中看到了某种不该被轻视的缘分。我终于向这种吸引力妥协，转身回去，小跑着径直来到那孩子身边，又抱了抱他，还给了他一些钱，好让他从偶尔经过的小贩手里买几个甜奶油小圆面包。我和他聊了起来，他兴高采烈地说个不停。我问他，他的父亲在哪里，他指了指一位正在箍桶的匠人。就在我准备放下孩子去和那位父亲攀谈的时候，我看见一个面色不善的人先我一步上前，似乎就是那群一直像苍蝇一样尾随我不放的家伙中的一个。那个人在孩子父亲耳边说了几句话，我便看见箍桶匠的目光盯在我身上，眼神中没有一丝友好的表示。这幅景象让我的心在一瞬间难受得仿佛缩成一小团，我从父子俩身边走开，比我转身回来的时候还要迅捷，然而心里一团乱麻，一点兴致也没有了。

不过，在那之后，我仍然对当时那种心绪念念不忘；有好几次我从克里尼昂库尔经过的时候，都希望能再见到那个孩子，但我再也没有看到过他和他的父亲。这次遭遇给我留下的，只剩一段混杂着甜蜜与悲伤的鲜活记忆，就像至今仍然时不时涌上心头的所有感情一样，最后总是以痛苦告终，让我的心扉紧锁。

万事有失便有得。虽然快乐稀少而短暂，但是给我带来的感受却要强烈得多。我不断地回忆，反复咀嚼回味这些快乐；尽管罕有，但只要它们这样纯洁不掺杂质，或许会让我比生活在繁荣之中更加幸福。在极端的贫困之中，哪怕一丁点拥有都让人感到富足；捡到一枚埃居①的穷光蛋比发现整整一袋金子的富翁更激动。如果人们看到我一直掩藏着不让迫害我的人们发觉的、微不足道的快乐能够在我的灵魂中激发何等强烈的反应，他们一定会笑出声来。四五年前发生的一件事就是其中一例，每当回想起这件事，我都无法不感到轻松愉悦。

那是一个星期天，妻子和我到马约门吃午餐。吃完午餐之后，我们穿过布洛涅森林，一直走到猎舍街区；我们在有阴凉的草坪上坐下，打算等到太阳西沉再慢慢从帕西走回去。二十来个小女孩在一位修女模样的女士带领下走了过来，有些坐下来休息，有些就在我们身旁

———
①法国旧制货币。

玩闹嬉戏。就在她们玩得高兴时，一位卖蛋卷的小贩带着滚筒和抽签的转盘从旁边经过，想要在这里做一笔生意。我看出小姑娘们都很眼馋，其中两三个小姑娘——显然口袋里有几个里亚①——请求修女允许她们去玩一玩。当修女还在犹豫着想和她们讲道理时，我叫来小贩，对他说：请让所有这些小姐每人轮流抽一次签，我来付钱。这句话在孩子们中间激起了一阵欢呼，单单是这一阵欢呼，就值得我为之掏空钱袋。

看到她们热情高涨地你推我搡、有些不知所措的样子，我在征得修女的允许之后，指挥她们所有人排成一排站好，按顺序一个一个地抽签。尽管谁都没有抽到白签，原本可能什么都得不到的她们至少每人都分到了一个蛋卷，她们中也没有任何一个有丝毫的不开心，但是为了锦上添花，我悄悄对小贩说，请他把惯常的伎俩反过来用，设法让孩子们尽可能多地抽到好签，我会配合他的。有了这样的"预谋"，孩子们抽到了百十件战利品，不过每个小姑娘只有一次抽签的机会，在这一点上我丝毫没有通融，因为不想娇纵她们，也不想因为偏

①法国旧制货币。

165

心而让她们心生不满。妻子鼓励那些抽到好签的孩子们和同伴分享成果，这样一来，大家几乎实现了平等的分享，也享受着更普遍的快乐。

我邀请修女也来抽一签，但心里很害怕她会不屑一顾地拒绝；不过她愉快地接受了，和她的学生们一样抽了一签，在她面前的所有签中随便挑了一个；为此，我对她感激不尽，这是一种令我非常欣赏的礼貌，比我所见过的装腔作势要珍贵得多。在抽签的过程中也有争吵，还会吵到我跟前来让我裁判，这些一个接一个前来申诉的小姑娘使我有机会注意到，尽管她们还谈不上美丽，但是其中几个格外乖巧可爱，足以让人忘记她们并不好看的地方。

最后，我们开开心心地道了别。这个下午是我生命中最快乐的时光之一，每次想起这段回忆都让我无比满足。说起来，这场小小的节日并不至于让我倾家荡产，但我却用最多三十个苏的花费，获得了一百个埃居也买不到的快乐和满足。千真万确，真正的快乐不是靠金钱来衡量的，付出铜板比付出金路易更容易获得快乐。后来，我又在同样的时间从同样的地方经过了好几次，希望能再次碰到这群小朋友，但是再也没有碰到过。

这让我想起了另一件性质类似的有趣轶事，那段回忆发生的时间要久远得多了。那段不幸的日子里，我还混迹在富人和文人之中，有时候却格格不入，无法分享他们毫无意义的享乐。

有一回，我在拉谢福莱特为宅邸女主人庆祝生日。整个家族都聚在一起欢庆节日，使尽了各种热闹欢快的手段来烘托节日的气氛。各种游戏、表演、盛宴、烟火，一样也没落下。这一切折腾得人几乎透不过气来，并不令人开心，反而让人感到眩晕。午餐之后，大家一起走上街头透透气。大街上正在举办某种类似集市的活动。有人在跳舞，我们也加入其中。先生们放下架子与乡下女人跳舞，而夫人们却不肯屈尊。集市上有人在卖香料面包。同行的一位年轻先生自告奋勇买了一些面包，一个一个地丢到人群中。那些乡下人争先恐后地抢着面包，你推我挤，乱成一团，所有人都想分一杯羹。此情此景让我们这伙人乐得前仰后合。香料面包忽左忽右在空中抛过，姑娘小伙子们跟着跑前跑后、前赴后继、摩肩接踵，这场面在大家看来十分有趣。为了面子，我也和他们做着一样的事，可是内心深处并不像他们一样以此为乐。很快，我便对这种为了让人们相互踩踏而掏空钱包的游戏感到厌倦，于是就让他们继续，而我独自一人在集市里漫步。集市上五花八门的物件让我饶有兴趣地研究了好一阵子。

在人群中，我注意到五六个萨瓦人围在一个小姑娘周围，小姑娘的摊位上还有十来个卖相不怎么好的苹果，显然她很希望能把它们卖出去。那几个萨瓦人显然很愿意帮她脱手，但是他们身上的钱加起来也不过两三个里亚，那可不够买下这么一大捧苹果。在他们眼中，这个摊位简直就是古希腊传说中的神圣花园，而小姑娘就是看守园中金苹果的巨龙。这出好戏让我饶有兴致地看了许久；最后，是我从小姑娘手中买下了苹果，让她分给那几个年轻人，为他们解决了难题。然后，我看到了极为动人的场面：快乐、年轻与纯真交织在一起，在我身边蔓延开来，所有看到这一幕的旁观者也能分享其中的快乐。而我呢，只付出了一点点金钱就分享到了如此珍贵的快乐，特别是当我意识到这一切都是拜我所赐的时候，这种快乐更是格外强烈。

通过将这场消遣与我方才逃离的娱乐相比，我不无满足地发现二者之间确实是有区别的。想要让别人获得富足，这是健康的爱好，会产生自然的快乐，与嘲弄别人得到的乐趣和自视甚高的爱好完全不同。看着一群在贫困中挣扎的人争先恐后，挤得喘不过气来，粗鲁地你推我搡，贪婪地争抢几块被踩在脚下、沾上了泥巴的香料面包——以此为乐，得到的是什么样的乐趣呢？

从我这方面来说，当我认真思考在上述情况下我所品尝到的感官享受具体有何不同时，我发现自己之所以享受这种乐趣，与其说是因为乐善好施的仁爱之心，不如说是来自在他人脸上看到的愉悦和满足。快乐的面庞对我而言自有一种魅力，尽管快乐好像只是一种表面上的感觉，但却能一直抵达内心深处。如果说我看不到自己的善行让别人获得了满足，那么即使我确信自己做了一件好事，也无法充分体会其中的乐趣。我对这种乐趣没有一点私心，与我在其中扮演的角色也没有太大的关系。

在节日欢庆的人群中看到各种欢快面孔的乐趣始终强烈地吸引着我。然而在法国，这份期待却时常落空，这个自诩无比欢快的国家在游艺中几乎表现不出任何乐趣。从前，我经常去城郊可以跳舞的露天小咖啡馆看平民们跳舞：但那些舞者是那样的郁郁寡欢，人们的举止是那样令人不舒服、那样笨拙，只能让我越看越难过，一点也没觉得欢欣。

而在日内瓦，在瑞士，欢笑从来不会演变成恶毒的捉弄，所有人都沐浴在满足而快乐的节日气氛中，完全看不到苦难的丑恶面貌，欢宴也不会让人觉得放荡而傲慢；善意、友爱与和谐让每一颗心都沉浸在欢乐之中；纯真的快乐在人群中传递着，陌生人可以相互攀谈和拥抱，邀请彼此共同享受节日的和谐快乐。而我要享受这样欢乐的节日，并不需要参与其中，只要旁观就足够了。看着他们，我便分享了他们的快乐；在这样多的欢乐面孔之中，我相信没有任何人会比我更加快乐了。

尽管这是一种感官上的快乐，但是其中一定存在某种道德上的缘由，证据就是当我意识到恶人脸上的喜悦和快乐只不过是邪念得到满足的表现时，同样的场面不仅不会让我愉悦开心，反而可能让我在痛苦和愤怒中撕心裂肺。纯真的快乐是唯一能让我感到愉悦的表情。冷酷而嘲弄的乐子即使与我毫不相干也会让我伤心难过、倍感折磨。当然，由于产生的机制不同，这两种快乐的表情也并不完全相同，但总归都是快乐的表现，它们之间细微的不同与其在我身上激起的情绪波动相比，实在不算什么。

痛苦和苦难的表情对我的触动更明显、更难以忍受，它们在我心里引发的感情或许比它们本身更加强烈，简直让我无法承受。想象力让感官变得极其敏锐，将我同化为那个正在受苦的生命，感同身受时常让我比对方本人更加痛苦。闷闷不乐的面孔对我来说更是一种无法承受的景象，尤其当我想到这种不快与我有关的时候。我真不想说起过去那段我还傻里傻气地流连于上流社会深宅大院的时光，每当我看到侍从们满不情愿地伺候主人时，他们那副阴郁不快的神情让我格外难过，这些家仆总是让我为主人的盛情款待付出高昂的代价，我都不记得为此付出了多少金币。

我一直太容易受到感性的影响，尤其是那些欢愉或苦难、友善或嫌恶的表情，我就这样让自己被外物引发的印象牵着鼻子走，完全无法躲避，唯有落荒而逃。陌生人的一个表情、一个手势、一个眼神都足以搅乱我的快乐，或者平复我的苦痛。我只有在独自一人时才属于自己，否则的话，我会受到周围所有人的摆布。

从前，我在人群中生活得很愉快，那时我在所有人的目光中看到的都是善意，最糟的也不过是与我素不相识的人眼中的漠不关心。但是今天，人们将我的面孔公之于世，同时又向世人掩盖我的本性，只要我走上街头，就会看到自己身边全都是令人心伤的事物；我只好加快步伐，赶紧跑向乡下；只要一看见满眼绿色，我就能够再次尽情呼吸了。如果说我热爱孤独，这很让人惊讶吗？我在人类的脸上看到的只有敌意，而大自然却始终对我露出笑容。

然而，我必须承认，只要别人认不出我这张脸，我就仍然能够感受到生活在人群之中的快乐。不过，就连这一点点快乐，现如今我也无福消受了。几年前，我很喜欢在村镇里穿行，在早晨看农夫修理楗柳，妇女在自家门口照看孩子。不知道为什么，这幅景象总会让我非常感动。有时我会不自觉地停下脚步，看着这些质朴的人们忙前忙后，然后发现自己在叹气，却不知道为什么。我不知道别人看到我从这一点小事中获得乐趣，会不会觉得我太过多愁善感，会不会连这一点点乐趣也要从我身上夺走；但是，当我路过时，从人们脸上的神色和他们看我的眼神中，我十分不情愿地意识到，他们已经不惜花费大力气，夺走了又一片让我隐姓埋名的世外桃源。在巴黎荣军院，同样的情况以一种更明显的方式发生在我身上。我对这座美丽的建筑一直很感兴趣。每当看到这些正直的老人，我总是心怀感动和敬仰，仿佛都能听到他们像古代斯巴达时期的老战士那样，说着：

我们曾经年轻勇敢，一往无前。①

我最喜欢绕着军事学院漫步，在那附近，我很高兴能不时遇到一些残疾和退役的老兵，他们仍然保持着过去的军人风范，路过时会向我行礼致意。这份在我心里被放大了上百倍的礼遇让我十分喜悦，更增添了我看到他们时的快乐。由于我从来不懂得隐瞒自己心里的感动，便时常谈起这些退伍军人，谈起他们的面貌如何打动我。事情本该到此为止了。过了一段时间，我发现他

①援引自《名人传·吕库古》，普鲁塔克著。

173

们不再把我看作素昧平生的陌生人了，或者不如说我在他们眼里成了比路人还要陌生的人，因为他们也开始用那种与大家相同的眼光打量我了。再也没有客气寒暄，再也没有行礼致意。令人厌恶的表情、凶残孤僻的眼神取代了最初的礼貌。过去所从事的职业让他们性格直率，完全不会像其他人那样，用嘲笑和虚伪的面具粉饰内心的憎恶之情；他们公然向我表示了强烈的憎恨。这就是我所遭遇的过分的痛苦，让我不得不提醒自己要小心那些最不会掩饰愤怒的人们。

从那时起，我在荣军院附近散步时，再也不觉得那么愉快了；不过，我对他们的感情并不是取决于他们对我的感情，所以每次看到他们，我对这些曾经保卫祖国的人依旧怀有敬意和感激；但是，我对他们如此敬重，他们却这样回敬我，实在让我心里不好受。有时，当我偶然碰到一位尚不了解公共舆论，或者因为根本不认识我而没有表现出任何恶意的老军人，只需要他一个诚挚的敬礼，便足以弥补其他人的可憎行为给我造成的伤害。我会忘记那些人，只在意向我行礼的这位，我会以为他也和我一样，拥有一颗不会被仇恨浸染的心。就在去年，在过河去天鹅岛时，我还曾有过一次这样的愉快经历。

一位可怜的残疾老军人坐在船上，等着凑齐人数一起渡河。我介绍了自己，打了招呼，便吩咐船夫开船。水面很宽，船开了很长时间。我几乎不敢对那位老军人开口说话，害怕像平时那样遭到叱骂或者冷遇，但是他那和气的模样让我放下心来。我们聊了起来，我认为他是一位明白事理、品格正直的人。我对他健谈而和蔼可亲的态度感到惊喜而着迷，我并不习惯别人如此亲切地对待我。当我得知他刚刚从外省来到此地时，便不再觉得惊奇了。我明白，是人们还没来得及向他讲述我的为人、辨认我的相貌。我便充分利用这一空白，与他聊了一会儿；从这段际遇带来的快乐中，我感觉到最为寻常的乐趣一旦变得稀少，竟然也会显得弥足珍贵。

下船时，他拿出早已准备好的两个铜板。我付了船钱，恳请他接受我的好意，心里却因害怕激怒他而担心得发抖。然而他完全没有生气；相反，他似乎敏感地觉察到了我的殷勤，尤其当我好意扶他下船的时候——毕竟他比我年纪更大。谁会相信我竟然会高兴得像孩子一样哭了出来呢？我真想把一枚二十四苏的硬币塞到他手里，给他拿去买烟抽；但我始终没敢那么做。当时控制了我的那种羞怯也同样让我没去做许多原本能够让我欣喜若狂的好事，我只有在因为自己的愚蠢而感到惋惜时才能克服这个毛病。这一次，在与那位老军人告别之后，我很快为自己找到了借口，我想，如果我将种种正直的事物与金钱扯上关系，那就让他们的高贵变了味，也玷污了他们的无私，这就与我自己的处事原则背道而驰了。我们应该热情地帮助那些需要帮助的人，但是在日常生活中，还是让天生的善意和文明做主吧，永远不要让任何可以待价而沽、唯利是图的成分靠近这片纯洁的甘泉，别让这清源腐坏变质。据说在荷兰，连向人问一问时间和问路都是要收费的。这应当是一个令人蔑视的民族，连身而为人最简单的义务都拿来做交易。

　　我注意到，只有在欧洲，热情好客是可以拿来出售的。在亚洲的各个地方，人们会免费接待客人住宿，我知道，那样的住宿或许不是应有尽有的安乐窝，但重点在于这种接待会让我意识到：我是一个人，并且被人类所接纳。是人性给了我一个容身之所。只要心灵比身体得到更好的款待，无伤大雅的缺吃少穿是完全可以忍受的。

十　华伦夫人

今天是圣枝主日①。整整五十年前，我第一次见到了华伦夫人。那一年她二十八岁，她出生在世纪之交。那一年我还不满十七岁，我的性格渐渐开始崭露头角，自己却毫无觉察，我那颗天生充满活力的心灵中逐渐生发出一种全新的热情。如果说这样一位优雅聪慧、富有魅力的女人对一位生机勃发但是温柔谦逊、外形讨喜的年轻人施以照拂并不令人惊讶的话，那么我对她产生一种近乎感激的、无比温柔的情感，就更没有什么好奇怪的了。不同寻常之处在于，这一次初见决定了我的一生，由此引发的一连串无法避免的事件为我余生的际遇奠定了基调。

那时我的身心都还不够成熟，尚未展现出什么珍贵的品质，灵魂本身也还没有固定的形状，它正耐心等待

---

① 复活节前的星期日。

着使之定型的决定性时刻——我们的相遇加速了这一时刻的到来，但这一刻并没有立刻降临。我所受的教育造就了我单纯的品德，在这种质朴品德的驱使下，我尽力延长着那种爱情与纯真在同一颗心中并存的甜美而短暂的状态。后来，她离我远去。一切都让我想起她。我要回到她身边。这场回归决定了我的遭遇，在得到她之前的很长一段时间里，我的生命中只有她，也只为她而活。

唉！假使我能让她的心灵获得满足，就像她填满我的心灵那样该多好啊！我们曾经在一起度过了多少平静而甜美的日子啊！我们拥有过那么多美好的时光，却都十分短暂，转瞬即逝，随之而来又是怎样的境地啊！我没有一天不在喜悦和感动中回忆我生命中这段独一无二的短暂时光，那时我完全是我自己，没有杂质，没有挂碍，那段时间我可以说是真真切切地活着。我可以借用那位被维斯帕西亚努斯赦免之后在乡村平静度过余生的禁军长官的话说："我在世间度过了六十六个年头，但我只活了七年。"如果没有这段短暂却珍贵的时期，或许我会一直对自己犹疑不定；因为在我之后的生命中，软弱而无力抵抗的我，因为他人的迫害而激动、矛盾、纠缠，以至于在这疾风骤雨般的生活中，我几乎无法弄清楚自己的所作所为究竟哪些真正出自我的本心。残酷的现实不断增加着我的重负。但在那短短几年中，我拥有一位善解人意的温柔女人的爱情，我做着自己想做的事，我就是自己想要成为的那个人。在我的娱乐消遣中，在她的教育和示范下，我为自己那依旧单纯不谙世事的灵魂找到了最为适宜的形状，并且终其一生，它都保持着这个形状。对孤独和沉思冥想的偏好在我心中与蓬勃而温柔的情感一同诞生，这种情感是灵魂得天独厚的养分。喧嚣和嘈杂让我的感情压抑得透不过气，而宁静与和平能使之重新恢复活力。我需要凝聚心神才能去爱。

我鼓动妈妈①去乡下生活。一座位于山谷斜坡上与世隔绝的小屋成了我们的避难所。正是在那里，我们度过了四五年的光阴，却觉得好像过了一百年，我们生活在纯粹完满的幸福之中，现在我觉得可怕的一切在那时都笼罩在幸福的魅力之中。我的心灵需要一位红颜知己，于是就得到了她；我不愿意受到奴役，于是便享受着完

———
① 卢梭对华伦夫人的称呼。

美的自由，甚至胜似自由，因为我只受到自身喜好的支配，我只做我想做的。我所有的时间都被深情的关怀和诗情画意的活动填满。我别无所求，只想让这种温柔的状态持续下去。我唯一害怕的，就是这种状态不是长久之计，这种担心来自对于我们处境的真实忧虑，并不是空穴来风。从那时起，我就开始考虑要给自己找到一些散心的消遣，以此排遣心中的忧虑，同时努力寻找避免担心成为现实的办法。我想，储备一些才能是对抗苦难的最可靠的对策，于是我决心利用闲暇时间未雨绸缪，如果可能的话，或许在未来的某一天，我能够为所有女性中最美好的一位施以援手，就像我当初从她那里得到恩惠一样。

Fin

卢梭生平大事年表

1712年

6月28日：让-雅克·卢梭诞生于瑞士日内瓦一个法裔新教家庭。父亲是钟表匠依萨克·卢梭，母亲是苏珊·贝尔纳。卢梭是他们的第二个儿子。出生后不久，母亲即死于产后失调，由姑母抚育。

1722年

10月：有一次，父亲与人发生纠纷，诉讼失败后出走里昂。卢梭寄居舅父贝尔纳家，不久被舅父送至日内瓦附近布瓦锡的朗拜尔西埃牧师家学习古典语文及绘图、数学。

1724年

回到舅父家。不久便被舅父送到公证人马斯隆做事的地方打杂。

1725年

4月：到一家雕刻匠铺子里做学徒。

1728年

不堪师傅虐待而出逃。经神父介绍投奔安纳西的德·华伦夫人，由其资助去意大利都灵，进"自愿领洗者教养院"，改奉天主教。后离开教养院，先后到韦塞利夫人和古丰伯爵家做仆役。

1729年

回到安纳西，寄居在华伦夫人家。

1730年

进神学院学习。后伴随别人去里昂,返回时华伦夫人已离开安纳西去了巴黎。卢梭随即也离开了安纳西。

1731年

在日内瓦、洛桑、纳沙泰尔、伏沃、伯尔尼、里昂等地流浪。

1732年

前往尚贝里找到了华伦夫人。在尚贝里做土地测量工作。这期间自学数学,与乐师和音乐爱好者交往,研讨音乐。

1733年

继续寄居在华伦夫人家,开始涉猎学术著作。

1734年

做华伦夫人的管家，协助其家庭制药，开始接触植物学。

1736年

与华伦夫人一道前往尚贝里附近的沙尔麦特养病，研究洛克、莱布尼兹、笛卡儿等人的著作。同时钻研音乐理论，作曲，并学习解剖学。

1740年

4月：在里昂贵族官员马布利家做家庭教师，结识政治思想家、空想社会主义者马布利和哲学家孔狄亚克。

1742年

8月：携带自己创作的《新记谱法》到了巴黎，被推荐到法兰西学院宣读，但没有被音乐界广泛承认。后结识启蒙思想家狄德罗，与其成为密友，并通过狄德罗认识了其他启蒙思想家。

1743年

靠教授音乐、抄写乐谱维持生活。春季时完成歌剧《风雅的缪斯》，引起巴黎音乐界注意。《新记谱法》以《论现代音乐》为名出版。

6月：随法国驻威尼斯大使赴意大利，任秘书。

1744年

8月：与大使发生矛盾，辞职返回巴黎，仍以抄写乐谱为生。与戴莱丝·瓦瑟同居。

1745年

结识老一辈启蒙思想家伏尔泰。

1747年

完成喜剧《冒失的婚约》。

1748年

通过狄德罗结识启蒙思想家霍尔巴赫，并经常参加其沙龙的定期聚会。

1749年

开始为狄德罗、达朗贝尔筹备的《百科全书》撰写音乐方面的条目。

10月：去巴黎郊外万森堡监狱探望因发表《论盲人书简》被捕的狄德罗，偶见第戎学院征文公告，决定撰文应征。

1750年

7月9日：应征论文《论科学与艺术》获奖，年底出版于日内瓦，引起重视，但也导致朋友间看法的分歧。结识德国文学评论家格里姆。

1751年

秋季，反驳对《论科学与艺术》的攻击，写成《答波兰国王对〈论科学与艺术〉的责难》。

1752年

10月：歌剧《乡村卜师》在丹枫白露上演成功。回避路易十五的召见，并拒绝接受其赏赐的年金。参加音乐界的论战，写成《论法国音乐的信》。

1753年

《论语言的起源》完成。受到音乐界保守派的攻击，写成《皇家音乐学院一位乐队队员给乐队同事的信》。冬季时再次参与第戎学院征文，题目为"人类不平等的起源是什么？人类的不平等是否为自然法则所认可？"开始撰写应征论文《论人类不平等的起源和基础》。

1754年

8月：回日内瓦。将《论人类不平等的起源和基础》献给日内瓦共和国，恢复新教信仰和日内瓦公民权。但该文应征落选。

1755年

4月：《论人类不平等的起源和基础》在阿姆斯特丹出版。

11月：《论政治经济学》发表于《百科全书》第五卷。

1756年

以《论人类不平等的起源和基础》奉赠伏尔泰，伏尔泰称之为"反人类的新书"。

4月：移居蒙莫朗西森林的"隐庐"，开始写《新爱洛伊丝》。

1757年

因对狄德罗的《私生子》评价不同而与之发生争执，与其他"百科全书派"成员的分歧也开始加深。开始写《爱弥儿——论教育》，以及《感性伦理学或智者的唯物主义》等。

1758年

迁居到蒙莫朗西边的蒙特路易。

3月：发表《论戏剧：致达朗贝尔信》，批判其对于日内瓦戏剧文化生活的意见，提出自己关于公民娱乐的设想。与伏尔泰、狄德罗等启蒙思想家最后决裂。

1759年

开始写《社会契约论》。

1761年

《新爱洛伊丝》出版，受到热烈欢迎。

1762年

4月：《社会契约论》在阿姆斯特丹出版。

6月：《爱弥儿》在阿姆斯特丹和巴黎出版。巴黎大主教博蒙出面干涉《爱弥儿》的发行，禁止阅读此书。

11月：巴黎高等法院发出有关《爱弥儿》的禁令，并传出消息说要逮捕作者。仓皇逃出巴黎，到了依弗东。

准备前往日内瓦,但日内瓦已在焚烧《爱弥儿》和《社会契约论》。在伯尔尼被逐,流亡至普鲁士治下的纳沙泰尔邦的莫蒂埃村。

1763年

3月：发表上年11月写成的《日内瓦公民卢梭致巴黎大主教博蒙书》。

4月：取得纳沙泰尔邦公民权,放弃日内瓦公民权。

1764年

发表《山中书简》。应科西嘉解放运动领袖邀请撰写《科西嘉宪法草案》。完成《音乐辞典》。

1765年

9月：拒绝普鲁士国王腓德烈二世赠送的年金。此时,纳沙泰尔掀起迫害风暴,逃往圣·皮埃尔岛。不久被该岛驱逐。

1766年

1月：随英国哲学家休谟到英国避难。开始编撰《植物学术语辞典》。不久，与休谟发生冲突。

3月：迁往英国的乌顿，写作《忏悔录》，并于年底完成前六章。

1767年

5月：潜回法国，匿名隐居于特利等地。继续写作《忏悔录》。

1768年

避居各地，抄写乐谱为生。

8月：在里昂附近的布古安与戴莱丝·瓦瑟正式结婚。

1769年

完成《英雄所需要的道德》。

11月：完成《忏悔录》第二卷。

1770年

6月：获赦回到巴黎，居住在普拉特里埃街，靠抄写乐谱维持生活。年底，《忏悔录》后六章完成，手抄本开始流传。

1771年

4月：应波兰威尔豪斯基伯爵邀请，撰写《对波兰政府及其1772年四月改革计划的考察》。

1774年

会见青年生物学家拉马克，相互开始交往。

1775年

写成《对话录：卢梭评判让-雅克》。

10月：歌剧《皮格马里昂》在法兰西歌剧院上演成功。

1776年

开始写《一个孤独漫步者的遐想》。

1777年

病情恶化,停止抄写乐谱,生计艰难。

1778年

5月:移居埃美农维尔庄园。不久,罗伯斯庇尔慕名来访。

7月2日:逝世,葬于埃美农维尔附近的杨树岛。墓地正面对着一座城堡,墓志铭为:"这里安息着一个自然和真理之人。"

让-雅克·卢梭

Jean-Jacques Rousseau(1712—1778)

启蒙思想家、哲学家、教育家、文学家
18世纪法国大革命的思想先驱、民主主义者
唯心主义是其哲学思想的主要倾向
被称为"自由的奠基人"
他生前遭人唾弃被迫流亡
死后其思想和著作大受法国社会推崇敬仰

主要著作

《一个孤独漫步者的遐想》《社会契约论》

《论人类不平等的起源和基础》《忏悔录》《爱弥儿》

陈阳

独立译者

北京语言大学高级翻译学院翻译硕士

曾留学法国诺曼底卡昂大学学习法国文学专业

已出版译著

《社会契约论》

《密室推理讲座》

《人间食粮》

一个孤独漫步者的遐想

作者 _ [法] 让-雅克·卢梭   译者 _ 陈阳

产品经理 _ 黄迪音   装帧设计 _ 董歆昱   产品总监 _ 李佳婕
技术编辑 _ 白咏明   责任印制 _ 陈金   出品人 _ 路金波

鸣谢 (排名不分先后)

周延

果麦
www.guomai.cn

以 微 小 的 力 量 推 动 文 明

图书在版编目（ＣＩＰ）数据

一个孤独漫步者的遐想／（法）让-雅克·卢梭著；
陈阳译.-- 上海：上海文化出版社,2024.4
ISBN 978-7-5535-2956-1

Ⅰ.①一… Ⅱ.①让…②陈… Ⅲ.①散文集—法国
—近代 Ⅳ.①I565.64

中国国家版本馆CIP数据核字（2024）第072158号

出 版 人：姜逸青
责任编辑：郑　梅
特约编辑：黄迪音
装帧设计：董歆昱

书　　名：一个孤独漫步者的遐想
作　　者：[法]让-雅克·卢梭
译　　者：陈阳
出　　版：上海世纪出版集团 上海文化出版社
地　　址：上海市闵行区号景路 159 弄 A 座 2 楼　201101
发　　行：果麦文化传媒股份有限公司
印　　刷：北京世纪恒宇印刷有限公司
开　　本：880mm×1230mm　1/32
印　　张：6.5
字　　数：120 千字
印　　次：2024 年 4 月第 1 版　2024 年 4 月第 1 次印刷
印　　数：1—6,000
书　　号：ISBN 978-7-5535-2956-1 / I·1148
定　　价：28.00 元

如发现印装质量问题，影响阅读，请联系 021—64386496 调换。